The two prince meet twice in a while
二人の王子は二度めぐり逢う
JN219583

二人《ふたり》の王子《おうじ》は二度《にど》めぐり逢《あ》う

夕《ゆ》映《え》月《つき》子《こ》

ILLUSTRATION：壱《いち》也《や》

二人の王子は二度めぐり逢う

LYNX ROMANCE

CONTENTS

二人の王子は
二度めぐり逢う

一目彼を見た瞬間に、頭の中が真っ白になった。

まばゆい黄金《きん》色の髪。色違いの青い瞳。顔立ちはきわめて端整で、目鼻のかたちも、それらの配置も、神の奇跡を体現したかのようだ。彼の圧倒的な美しさは、午後の陽光が差し込むサンルームで、なおいっそう強く輝きを放っていた。

だが、玲《れい》が言葉を失ったのは、それだけが理由ではなかった。わななく唇から声が漏れる。

「アレックス……」

無意識のうちにこぼれ落ちた自分の声を聞いた瞬間、目の前の霧が晴れるように、正しく彼の名を思い出した。

「アレクサンドル」

――そう、アレクサンドルだ。

アレクサンドル・ラクス。ラクス家の第一王子にして、「青の王国」カエルラの王太子。

彼が生きた時代は何十年――あるいは何百年も前だというのに、その姿を目の当たりにした瞬間、あいだに横たわる時間は意味をなさないものに成り果ててしまった。

玲の瞳から、どっと涙があふれ出す。

逢《あ》いたくて逢いたくて、ただ彼に逢いたくて、この瞬間のために十八年生きてきた。そう言っても過言ではない人生だった。

考えるより先に体が動く。もつれる足で駆け出し、まろぶように彼の胸に飛び込んだ。

「！」

受け止めてくれたアレックスの体からは、なつかしい香りがした。最高級のホワイトムスク。それに混ざる、高貴な水仙の香り。

「……きみは……」

呆然《ぼうぜん》と見開かれた瞳だけは、記憶にあるものとは違っていた。昔の彼と同じ、目の覚めるようなロイヤルブルーは右目だけだ。もう一方は、静かなダークブルーをしている。

神秘的な瞳の色に魅入られたように、玲は彼の双眸《そうぼう》を見つめた。自分以外に、生身の人間のオッドアイを見るのは初めてだった。揺れる彼の二色の瞳からは、戸惑いがありありと伝わってくる。けれども、拒絶は感じない。戸惑う気持ち以上に強く、彼も玲に惹《ひ》き付けられている。

何も言わなくても、気持ちが伝わるような気がした。不思議なことはない。だって、二人は、深く魂まで求め合った恋人同士だったのだから。

声を失った喉をあえがせ、ゆっくりと瞳を閉じる。眦《まなじり》からまた一筋、涙がこぼれ落ちた。

「逢いたかった」

逢いたかった。逢いたかった。ずっと。あなたに――。

永年の気持ちを一言に込め、玲はそっと彼に口づけた。

1

夢の中のその人は、いつも玲を見つめていた。

弦楽に重なって歓談の声がさざめく、絢爛《けんらん》たる大広間ですれ違うとき。

角笛が響く狩りの森で、隣り合って馬を駆るとき。

草木も寝静まった夜更けの湖畔、白いサンルームで語らうとき……。

森の奥の湖のごとくきらめくロイヤルブルーの瞳には、いつも玲の姿が映っていた。それを知っているということは、玲もまた同じように彼を見つめていたということだ。

祝福されない恋だとわかっていた。男同士であることが何より大きな障壁だったが、その他にも、各々の家柄や立場が二人をがんじがらめに締め付けていた。

この恋を貫けば、いずれ破滅がやってくる。それは二人だけでなく、家族や国までをも巻き込む災厄となるだろう。それは誰に予言されなくとも、二人ともわかっていた。

だが、十代、二十代の若者たちが、互いの気持ちを知りながら、燃え上がる恋を胸の内だけに秘めておくことなどできるだろうか？　かのシェイクスピアが書き著した悲劇の恋人たち同様に、彼らもまた若さと命を恋に投じた。行き着く先には悲劇しかないとわかっていても、人目を忍んだ恋の炎がますます燃えさかるのを、誰にも――当の二人にも、止めることはできなかったのだ。

❖

「お客様。……お休みのところ恐れ入ります、お客様」

幾度か声をかけられて、玲は閉じていた目をうっすらと開いた。

長い睫毛《まつげ》をふるわせて瞬《まばた》きを二回。いつの間にか全灯になっていた機内照明はしらじらと明るく、玲の明るい色味の虹彩《こうさい》を灼《や》く。古錆《さ》びた遠い記憶は、文字通り、またたく間に霧散していった。

顔を上げると、キャビンアテンダントがこちらを覗《のぞ》き込んでいる。

「すみません。なんですか？」

たずねると、彼女はかしこまった表情で頭上のサインを示した。

「まもなく着陸いたしますので、お席のベルトをお締めください」

「ああ、すみません」

慌てて、だが動きとしては緩慢に、腰のベルトを締める。そのようすを確認して、彼女は後方へと去っていった。

(気付かなかったな……)

正確には寝ていたわけではなかったのだが、少し深く記憶に潜りすぎていたようだ。ふわ、と、大きな欠伸《あくび》をひとつ。まだぼんやりとしながら腕時計を見る。確かに到着時刻二十分前だった。

ふと目をやると、窓の外は真っ白だった。ちょうど雲の中を飛んでいるらしい。空調が効いているはずの機内は、うっすらと肌寒かった。膝にかけていたブランケットを首元まで引き上げる。

遠い耳鳴りのような飛行音は、十四時間プラス一時間のフライトで、すっかり耳になじんでしまった。それを聞きながら、玲は小さく息を吐く。

(……もうすぐだ)

やっと、やっとここまで来た。期待と緊張が入り交じり、指先は白くかじかんでいる。ゆっくりと瞬きし、もう一度、細く長い息をついた。

雲が切れ、眼下に青くきらめく宝石が見えた。

「あ……！」

小さな窓に額を寄せ、目を凝らす。

高く険しい山々と針葉樹の森に抱かれ、美しい雫《しずく》型の湖は、深く吸い込まれそうな瑠璃《るり》色に輝いていた。

（〝カエルラのロイヤルブルー〟）

「青の国」を象徴するブルーは、まるで、あの人の瞳のようだ。

無意識に服の胸元を握り締めた。布越しに固く指に触れる感触は、祖母のかたみのカエライトの指輪だ。ずっとお守りとして首に提げてきた、その石の青とも、湖の色はよく似ている。

写真で、動画で、そして夢で、幾度となく目にしてきた。けれども、こうして自分の目で見ると、改めて胸を打たれる。

「天の涙」とも称されるカエルラ湖。アルプス山脈に連なる峻険《しゅんけん》な峰から流れ出す雫の下には、オルロ城が白鳥のように優美な両翼を広げている。「青」の名を冠する天空の宝石箱、カエルラ共和国――。

（帰ってきた……）

この体に生まれて十八年。それ以前――前世から現代まで、どれほどの時間が流れたのか、正確にはわからない。だが、間違いなく、気の遠くなるような時を経て、ようやく自分は帰ってきたのだ。

（長かった）

見下ろす玲の瞳から、透明な雫がぽたりと落ちた。

❖

玲には前世の記憶がある。

そう言ったところで、普通は信じてもらえないだろう。「前世」とか「生まれ変わり」とかいう言葉は存在しても、それらは宗教、さもなくばファンタジーの世界のできごとだ。玲も世間の常識はわきまえている。だが、嘘《うそ》ではないから聞いてほしい。

「いつから」ときかれても答えようがない、わずかに物心ついた頃から毎夜のように、玲は同じ夢を見続けてきた。「同じ」と言っても、共通しているのは舞台と登場人物だけで、夢の内容は多岐にわたっている。昨夜は天使のような子供だった人が、今夜は目を瞠《みは》る美丈夫として現れる。そんな具合に、時間軸はめちゃくちゃだし、前に見たことのある夢を二度、三度と繰り返し見ることもあった。たとえるなら、長い長い伝記ドラマを、毎晩一話ずつ順不同に見ているようなものだ。しかも、その中には欠落している部分もある。まるで、録画を忘れたかのように。

幼い玲には、それらの夢がひとつの物語としてつながることも、それらが「記憶」と呼ぶべきものであることも理解できなかった。だが、とにかく、玲にとって眠りとは、最初からそういうものだった。

そもそも、すべて夢の話だ。何度同じ人が夢に出てこようと、同じ場面を繰り返そうと、たとえその夢がまるで現実のような五感を伴っていたとしても、ひとたび目覚めれば、玲は現代日本の片隅に住む幼児に過ぎない。幼い玲にとっては、見知らぬ夢の住人たちより、父や母の機嫌だとか、数少ない友達だとか、日曜朝のスーパー戦隊の最新話のほうがよほど重要だった。

中でもとくに玲を悩ませたのは、父母の不仲だ。その原因が自分にあると知っていたから、なおさら二人の機嫌が気になった。

玲の外見は、一見しただけでは日本人には見えない。日本生まれ、日本育ち。父も母も、黒髪黒瞳の典型的な日本人だが、玲だけが違う。子供の頃の玲は西洋画の天使もかくやという容姿をしていた。つやつやとした飴《あめ》色の髪には文字通り天使の輪が浮かび、肌は血管が透けて見えるほど白い。目鼻立ちはくっきりとして、華奢《きゃしゃ》ではあっても骨格は西洋人のものだ。

ただでさえ日本人離れした容姿を、さらに異質に見せているのが瞳だった。こぼれ落ちそうなほど大きな瞳は、左右の色が違っている。右の瞳は、澄みわたる青空の色。左の瞳は、光の加減で金色にも見える夜明けの色。神秘的なオッドアイは、人々の視線を惹き付けてやまない。

その容姿は、生まれた直後からさまざまな憶測を呼んだ。少なくとも血液型は、玲が父母の子であることを示していたし、母もそう主張したが、父は玲が生まれた瞬間から疑心暗鬼に囚《とら》われた。母の不貞を疑った父と同じく、疑われた母もまた玲を疎んだ。最終的にはＤＮＡ検査で、玲は両親の子で間違いない、容姿は父方の高祖母の遺伝子が強く発現した、いわゆる「先祖返り」らしいと証明されたが、そのときには夫婦仲は既に修復不可能なまでに冷え切っていた。

玲の目の前で口論していた両親は、幼子にはわからないとでも思っていたのだろうか？　確かに難しいことはわからなかったけれど、要は自分がこんな姿で生まれなければ、両親が不仲になることもなかった。そう理解して、玲も自分がきらいになった。家に近寄ろうとしない父を待つことにも、突然ヒステリックになる母の顔色をうかがうことにも疲れ果て、幼い玲が逃げ込んだ先は、自分にやさしくしてくれる人たちのいる夢の中だった。

威厳ある父。聡明《そうめい》な母。可憐《かれん》な妹。そして、誰より情熱的に、自分に好意を示してくれる美しい男《ひと》――。

夢の中の彼らは皆、現実の家族より玲に近い容姿をしていた。彼らは玲を「レイン」と呼ぶ。彼らは現実の父母のように、むやみにレインを傷つけない。レインも妹や従兄弟《いとこ》たちと喧嘩《けんか》をすることはあったが、その根底には揺るぎない家族愛があった。実際に抱き締めてくれる腕はなくとも、皆、玲を――レインを抱き締めてくれる。笑いかけてくれる。頬にキスを贈ってくれる。家族の愛に飢えた玲が、夢にそのやすらぎを求めたとして、誰に責めることができるだろう？

玲はどんどん眠りがちになった。夜はうながされるまでもなく一人で早々と床に就き、朝一人で目覚めれば、この冷え切った現実こそが夢であればいいのにと思った。幼稚園に行っているあいだはまともだったが、家に帰ると母の目から隠れるようにして、うとうとと眠った。玲の相手をしたがらなかった母は、気付いていたのかいなかったのか、玲を起こそうとしたことはない。

玲の様子がおかしいと感づいたのは、たった一人の孫を心配し、たびたび訪ねてきた父方の祖母だった。当時、両親と祖母のあいだで、どんなやりとりがあったのか、詳しくは知らない。玲が祖母に引き取られるのと前後して、母もまた家を出て行った。だが、祖母とともに暮らすことになり、玲はようやく現実の世界でも心の安寧を得たのだった。

祖母と暮らすようになってからも、玲の夢は続いていた。

現実の日本では目にすることのない町並み。玲とよく似た容姿の人々。女の子たちの好きなプリンセスアニメのような服装と、きらびやかなお城での生活。夢の家族も好きだったが、誰より玲の心を惹き付けてやまないのは、一人の男の人だった。レインは彼を「アレックス」と呼んでいた。

どんな金細工よりも豪奢な黄金色の髪に、湖のごとく透きとおるロイヤルブルーの瞳。目鼻立ちのくっきりとしたアレックスの顔立ちは、玲の知っている誰よりも美しい。いっそ絵本の中の王子様のよう――いや、実際、彼は王子様か、それに近いもののようだった。

彼はレインの家族ではなかった。アレックスに会うのは、決まってお城の舞踏会とか、狩りの日の森といった公の場、さもなくば家族が皆寝静まった夜半のサンルームや、人けのない湖畔の四阿《あずまや》だ。

アレックスは、人前では決まってレインによそよそしく、レインは彼に話しかけたいのに話しかけられないと胸を痛めていることも多かった。だが、それでもレインの目は、いつもアレックスを追いかけていた。

アレックスも同じだと気付いたのは、玲が小学校に上がった頃だ。レインが彼を見つめるたび、彼の美しい青い瞳と目が合うということは、アレックスもまた玲を見つめているということだった。実際、二人きりのときの彼は、普段の埋め合わせをするかのように情熱的で、とろけるようにやさしかった。

夢で逢えば、それが運命であるかのように引き寄せ合い、見つめ合う。アレックスの深く透きとおる青玉の瞳に見つめられると、玲はいつもドキドキして、ぎゅっと抱きつきたくてうずうずした。間近に顔を寄せ合った瞬間、彼のまばゆい金の髪が頬にかかり落ちてくると、くすぐったいのと同時に、やっぱり泣きたいくらいドキドキして、逃げ出したくなる。

その感情は、レインのもののはずだった。だが、いつしか、玲自身もまた、レインの目と体を通して、アレックスを見つめていた。感情の名を知らずとも、レインがアレックスを好きなこと、アレックスが自分を好きなことは、幼い玲にもわかっていた。好きで好きで、夢から覚めた瞬間に、アレックスがこの世界のどこにもいないことがたまらなくかなしくて、泣いてしまったこともある。

起き抜けにいきなり泣き出した孫に驚き、うろたえる祖母に、玲はきいた。

「ねえ、おばあちゃん。王子様って、どこに行ったら会えるの？」

「王子様？」

祖母は目を丸くしたが、気を取り直したように、「それ、誰のこと？」とたずねた。

「わかんない。でも、金髪で、青い目で、すっごい格好いい」

「うーん……遊園地とか？　行きたいの？」

「違う。そういうんじゃなくて、本物の王子様がいるところをきいてるんだよ」

玲が唇をとがらせると、祖母はもう一度「うーん」と唸《うな》った。

「なら、ヨーロッパの王室かなぁ」

「ヨーロッパ？」

「遠い外国のこと」

「おばあちゃんは王子様に会ったことある？」

玲の質問に、祖母は再び目を丸くして噴き出した。「ないねぇ」とやさしく笑う。皺《しわ》深い手で、ゆっくりと玲の髪を梳《す》きながら言った。

「おばあちゃんのおばあちゃんなら、会ったことがあったかもしれないけど」

「おばあちゃんの、おばあちゃん……？」

首をかしげる玲に、祖母は微笑を浮かべた。ここにないものを見ているような遠い目で。

「玲のひいひいおばあさんね。おばあちゃんのおばあちゃんは、カエルラという、ヨーロッパの小国から日本にやってきたの」

「カエルラ……？」

「そうよ。カエルラ共和国。その頃は王様が治める『カエルラ王国』だったけど……」

祖母の昔語りは、おとぎ話そのものだった。

アルプスの中腹、大国に三方を囲まれた小さな王国カエルラ。その名の元となったロイヤルブルーの湖のほとりには優美な白亜の城がたたずみ、その周辺には美しい木組みの町並みが広がる。二つの王家と青い宝石に守られた、天空の都市国家カエルラ——。

そんな国からどうして高祖母が極東の島国へやってきたのか、たずねても祖母は話してくれなかった。玲の言う「金髪碧眼《へきがん》の王子様」も知らないと言った。「レイン」も「アレックス」も、カエルラではごく一般的な名前なのだそうだ。そう呼ばれた王も王族も、過去には何人もいただろうと祖母は言った。

夢の中の「アレックス」が誰なのかはわからないままだったが、それ以来、玲はたびたび祖母にカエルラの話をせがんだ。昔話か童話のようにカエルラの話を聞きながら、玲は育った。夢は相変わらず続いていた。

小学校中学年にもなれば、アレックスがレインに寄せる感情が、単純な好意でないことには気付く。同じように、レインが彼に抱いている感情も——男の自分が、凛々《りり》しく美しい彼のことを、くるおしいほど慕わしく想っていることも。逢えば苦しいほどに鼓動が走り、胸が甘く痛む理由も、それがクラスの女の子たちが楽しそうに騒いでいる「恋」なのだと理解するよりずっと前に、当たり前のできごととして知っていた。

アレックスは、自分のように生まれ変わってはいないのだろうか。一度でいい。あの美しい青玉の瞳でもう一度自分を見つめてくれたら、どんなに素晴らしいだろう。それが叶《かな》わぬ夢だとしても、せめてカエルラに行ってみたい。あの場所に帰りたい――。

そう夢みる玲の心もまた、幼くして既に夢の男に囚われていたのだった。

玲が十四歳になった冬、玲にとってたった一人の家族だった祖母が病に倒れた。

祖母は病床から玲に詫《わ》びた。

「ごめんね。玲をさみしくしてしまうわね。いつか、カエルラに連れていってあげたかったんだけど……」

それはもう叶えられそうにないのだと祖母の言葉から汲《く》み取って、玲は泣いた。

祖母がいなくなってしまったら、自分はどうしたらいいのだろう。現実の世界では、本当にひとりぼっちになってしまう。不安で、心細くて、かなしくて、小さい子供のように大声を上げて泣いた。

「玲。玲ちゃん。泣かないで」

やせ細り、骨の浮いた手で玲を撫《な》で、祖母は自分の簞笥《たんす》を指さした。

「お願いがあるの。あの簞笥の一番上の棚。右側の小さい抽斗《ひきだし》を持ってきてちょうだい」

涙にぼやける視界とふるえる手で、祖母に渡された鍵で錠を開け、言われたとおり抽斗を持ってくる。その中から、祖母は小さな箱を取り出した。古ぼけた紺色のビロードに覆われた、玲の手のひらにちょうど乗るくらいの箱だ。ぱくりと開けたその中には、アレックスの瞳にそっくりな、深く美しいロイヤルブルーの石が輝いていた。

魅入られたように見つめる玲に、祖母は言った。

「カエルラでしか採れない、めずらしい石の話はしたわね」

「カエライト？」

「そう、カエライト。見る角度によって、湖の色にも、空の色にも変わる王国の守り石……。この指輪は、おばあちゃんのおばあちゃんが、カエルラから持ってきたものなの」

言いながら、祖母は、玲の手を取り、その指輪をはめてくれた。まだ子供の幼さを残した玲の細い指に、大人の男性用の指輪は大きすぎて、くるんと回ってしまったけれど。

「なくさないでね」

おかしそうに笑いながら、祖母は両手で玲の手を包み込んだ。かさついた、だが、とても温かい手だった。

「玲にあげるわ。ずっと大事に持っていてね。おばあちゃんも、おばあちゃんのおばあちゃんも、これを通して玲を見守っている」

「大事にして」ともう一度言われ、かろうじて「ありがとう」と返した。玲にはそれが精一杯だった。

映像、音、そして感情――。指輪をはめた瞬間、一気に押し寄せてきたそれらに、玲はただただ圧倒されていたのだ。

「あ……」

夏なお白雪をいただく険しい山々。宝石にたとえられる青い湖。白鳥に似た優美な城。宝石箱のように美しい町。父、母、妹。家族のように思っていた、大勢の使用人たち。そして、誰にも言えない愛《いと》しい人――今まで、細切れのドラマのように見てきた情報が、連綿と連なる一人の人生の記憶として流れ込んでくる。

（……そうだ……）

今からどれくらい時代をさかのぼるのかも定かではない、遥《はる》か昔。自分は「レイン・カエルム」と名乗っていた。

誰にも言えない恋をしていた。「湖の家《ラクス》」のアレックスと、「空の家《カエルム》」のレイン。対立する二王家の王子として生まれた二人は、運命に導かれ、王宮で出会った。

気高く、美しく、二十四歳にして既に王者の貫禄《かんろく》と、圧倒的な求心力をそなえていたアレックスに、十四歳のレインは一目で恋をした。

通じるはずのない気持ちだった。反目し合う家の跡継ぎ同士だ。自分は彼にきらわれているに違いない。

悲観したレインは、生まれて初めて自分の出自を恨んだ。王位を継ぐ資格はなくとも、王の子だ。何不自由ない生活を、それまで疑問にすら思わなかった。けれども、この名のために、あの人に疎まれるのだとしたら、王族であることに何の意味があるというのだろう。いっそ、家も身分もうち捨ててしまえば、あの人は自分を見てくれるだろうか？

世間知らずの少年らしく、しばらく嘆き暮らしたレインだったが、それでもアレックスを目で追うことはやめられなかった。

一方的に見つめるだけだった視線が、ある夜、偶然、舞踏会で交わった。

アレックスはレインの瞳を覗き込み、『うるわしい、春のうららかな空の色だ』と褒めてくれた。天にも昇る気持ちだった。

『ありがとうございます。でも、わたしは、わたしたちの母なる湖と同じ色をした、あなたの瞳のほうが、ずっと美しいと思います』

頰を上気させたレインの、幼く一途《いちず》な告白に、アレックスは目を瞠り、『ありがとう』とほほ笑んだ。短い会話と彼の微笑を幾度も幾度も反芻《はんすう》し、レインはその夜、自慰を覚えた。

祝典の場で、狩りの馬上で、視線が合うことが増えていった。やがて、視線をからめ合うだけではレインが耐えられなくなった頃、アレックスもまたレインに手を伸ばした。触れて、触れられて、許し合い、ようやく彼らは自分たちの気持ちが同じであることを知ったのだ。

アレックスと初めて口づけを交わした夜、レインはベッドでひっそりと泣いた。涙となって込み上げるのは、甘美なる絶望だった。

男同士。しかも、対立する二王家の跡取りだ。王太子であるアレックスには内々に決められた婚約者がいる。カエルム家の長男である自分もいずれ結婚し、子を成さなくてはならないだろう。だが、父も母も妹も、国民すべてが敵になっても、自分はこの想いを捨てられないに違いなかった。

苦しく、せつなく、胸が張り裂けそうだった。だが、それが恋の代償だというのなら、レインは耐えねばならなかった。身も心もすべて捧げるような恋だった。

夜更けの湖に浮かんだボートから、こちらを見上げたアレックスが玲を呼ぶ。ほとばしる恋情を、青い炎のような瞳に込めて、『レイン』と——。

「あ……、あああ……っ」

指輪をはめたまま、玲は呆然と目を見開いた。とめどもなく涙があふれてくる。視覚、聴覚だけでなく、触覚や味覚に至るまで、あらゆる質感を伴った記憶のかたまりは暴力的な奔流となり、玲を翻弄した。

「――っ」

自分自身を守るように、両手で顔を覆い、悲鳴を上げた。押し流される。まだ十四年しか生きていない、玲の記憶も、玲自身も。

そして、玲はこときれたように意識を失った。

❖

前世の記憶を思い出したあの日から四年。玲はつい先日、十八になった。この春、高校を卒業し、四月からは大学生だ。その間、どれだけカエルラに来ることを熱望しただろう。

祖母が亡くなってからまもなく、父はかねてから関係のあった女性と再婚し、新たな家庭を設けた。出奔した母のゆくえは今でもわからない。玲は祖母の家を出ることなく、がらんとした家で一人、家政婦の助けを得ながら育った。祖母がお金と後見人の弁護士を用意してくれていなかったら、生きていけなかっただろうと思う。

孤独な少年時代だった。前世の記憶を取り戻した玲は、学校生活でも常に周囲から浮いた存在だった。レインの記憶を持っていると、中学高校の同級生たちはどうしたって幼く見える。何より、集団の中で前世の記憶を持っているのは自分だけだ。その自覚は、否応《いやおう》なく、玲を異質なものとして孤立させた。

まるで目覚めたまま夢の中を生きているように、毎日が過ぎていく。前世の記憶が生きるよすがであると同時に、自分を孤独にしていることには気付いていた。でも、現実には玲の居場所がない。自分を必要としてくれる人もいない。

夢でアレックスに逢うたびに、今すぐカエルラまで飛んでいきたい衝動に駆られた。渡航資金はアルバイト代で工面できそうだったが、障壁となったのは年齢だった。カエルラ共和国は現在十八歳を成人として定め、十八歳未満の個人の渡航には、保護者の許諾証が必要となっている。だが、父にはそんなことは頼めない。後見人の弁護士も、万一玲に何かあったらとサインを渋った。玲にできたのは、ただひたすら十八になるときを待ち、知識と資金を蓄えることだけだった。

自分のあるべき場所を求めて、玲は取り憑《つ》かれたように、インターネットで、書店で、図書館で、ありとあらゆる方法でカエルラの情報を探し求めながら大人になった。前世の記憶と、祖母との思い出、祖母が聞かせてくれたカエルラの話。いつかカエルラへ行くのだという希望。それらの思いを詰め込んだ、祖母のかたみの指輪だけが、アレックスの瞳のように玲の心を照らしてくれた。

「……来たよ、おばあちゃん」

到着した空港で、飛行機のタラップに立ち、玲はまた一粒、涙をこぼした。機内からずっと泣き続けていたせいで、こすった目元がひりひりする。

(みっともないな)

ようやくカエルラまで来ることができたのだ。泣いているなんてもったいない。胸元から鎖を引き出してそれを外し、祖母のかたみの指輪をはめた。四年前、祖母から受け継いだときには大きすぎた指輪も、今なら右手の中指にきちんと収まる。自分の目を通して、祖母と高祖母と一緒にカエルラを見渡すように顔を上げた。

遠くに町の影が見えた。城の尖塔《せんとう》と、大聖堂の巨大な丸屋根。その向こうにはアルプスの山影が迫っている。

濡れた頰に、乾いた風が冷たく感じた。標高の高いカエルラでは、三月はまだ春が浅い。気温は東《とう》京《きょう》の真冬並み、雪もそこここに残っているだろう。それでも、ひんやりとした針葉樹の森の匂いに混じり、どこからともなく水仙の香りがただよってきていた。カエルラの春を代表する花だ。胸いっぱいに吸い込むと、なつかしさにまた涙があふれてくる。

(帰ってきた)

やはり間違っていなかったのだと、深く、強く、確信した。

人も、風景も、声も匂いも覚えてしまうほど、繰り返し夢に見た。指輪を手にした瞬間に、記憶として思い出した。カエルラで生きていたこと。レイン・カエルムという名前。カエルラ語。すべてを捧げるように愛したアレックス――。

（本当に帰ってきたんだ）

ぬぐってもぬぐっても、新しい涙が頬を伝う。玲の中のレインが泣いているのだ。「やっと帰ってきた」と言って。

（長かったね）

心の中でレインに語りかけ、踏みしめるように、一歩一歩、タラップを下りた。

「ただいま」

カエルラの大地を踏みしめて、玲は小さく呟《つぶや》いた。


入国審査を終え、スーツケースを受け取って、玲は空港のゲートを出た。オルロ国際空港から市街地までは、電車とリムジンバスでつながっている。インフォメーションで乗り方をたずね、ちょうどやってきたバスに乗った。

十四歳で前世の記憶を取り戻してから、玲はカエルラ語の読み書きも自然とできるようになった。

カエルラ語はラテン語にごく近く、現代ではほぼ唯一の「生きたラテン語」だと言われている。その特性ゆえに難解で、習得に時間がかかる言語のひとつだ。だが、元カエルラ人の玲には、言語の壁は存在しなかった。記憶にあるのはレインの時代の言葉なので、どうしても古めかしくなってしまうようだが、日常会話程度なら不自由しない。

（本当に来たんだ）

何度目かもわからない感慨をまた噛《か》み締めながら、玲は流れる車窓からの景色を眺めた。

カエルラ共和国は、アルプス山脈の外れにある共和制国家だ。人口約五十万人。国土の大半を山と湖が占める小国ながら、伝統的に盛んな貴金属製造業と精密機械産業に加え、近年ではタックス・ヘイヴンとして国際金融業でも栄えている。

ここ、「白鳥の町」オルロは、人口十八万人が暮らすカエルラの首都だった。両翼を広げた白鳥を模した白亜の城、オルロ城周辺の旧市街地には、中世から残るカラフルな木組みの町並みが広がり、「天空の宝石箱」と呼ばれる一大観光地となっている。

その旧市街へと差しかかったときだった。

「あ……！」

子供のような感嘆が、玲の口から飛び出した。周囲の目を思い出し、口をつぐんだが、それでも我慢できずに車窓に張り付く。

「綺麗《きれい》な町でしょう」

そう話しかけてくれた隣の席の年配女性は、きっと玲が町並みのかわいらしさ、美しさに驚いているると思っているのだろう。玲は「本当に」と頷《うなず》いた。だが、真実は違った。玲はその町並みを知っていたのだ。

早鐘を打つ胸を、ぐっと押さえる。

（この道、通ったことがある）

間違いなくレインの記憶だった。

オルロの旧市街は、三百から四百年ほど前の姿をとどめていると言われている。かつてこの町で暮らしたレインが、この町並みを知っていてもおかしくない。今までだって、インターネットや映像で見た。だが、実際に目の当たりにすると、本当に自分の記憶は本物だったのだと実感する。驚きと、喜びと、どこかそらおそろしいような気持ちがない交ぜになった。

（ここで、僕に何が起こるんだろう）

それとも、何も起こらないまま、帰国の日を迎えるのだろうか。あてのない旅だ。何もなくて当たり前だというのに、心はざわめいて落ち着かない。

玲はレインの記憶に重ね合わせながら、車窓の町並みを見つめ続けた。

おとぎ話に出てくるような木組みの家々のあいだに、時折、石造りの劇場や美術館が姿を現す。バスの停車が多くなり、観光客が次々と降りていく。

オルロ城正面のロータリーから東へ曲がった大聖堂前が、玲の目的の停留所だった。

「よい旅を」

そう声をかけてくれた女性に、「ありがとうございます」とカエルラ語で返し、バスを降りる。

観光地のド真ん中、オルロ城の右翼の先端に位置する旧カエルム家邸宅——現在の国立迎賓館に一番近いホテルが今回の宿だった。石畳の道を、苦労してスーツケースを引きながら、しばらく歩く。

「いらっしゃいませ」

「こんにちは。予約していた水嶋《みずしま》玲です」

笑顔で迎えてくれたホテルのフロントに予約表を差し出すと、ちょっと微妙な顔をされた。

「日本からお越しの水嶋玲様……七泊のご滞在ですね。恐れ入りますが、パスポートを拝見できますか？」

どうやら年齢詐称を疑われているらしい。生まれつきの西洋人顔だが、童顔の自覚はある。素直にパスポートを差し出した。年若いフロント係は、パスポートと玲の顔のあいだで幾度か視線を往復させたのち、「ありがとうございました」と返してくれた。

「ご案内いたします」と、ポーターがあとを引き継ぎ、エレベーターへと玲をうながす。

「お部屋は三階のオルロ城側です。お部屋の鍵はカードキーです。チェックアウトまでご自身で管理なさってください。毎朝部屋の掃除とベッドメイクが入りますが、不要の場合は札を下げてくださいましたらお邪魔いたしません」

ポーターの説明に頷き、チップを渡した。表通りに面した部屋は、古いながらに掃除が行き届き、清潔に保たれている。

とりあえずバスルームの湯が出ることを確認すると、荷解《にほど》きもそこそこに、玲はベッドに転がった。高い天井の照明の周りに、白い石膏《せっこう》で水仙のレリーフが施されているのが目に入る。そんなところにヨーロッパを感じた。

(本当に、カエルラにいるんだ……)

なんだかまだ信じられない。ずっと来たいと願っていた。望みを叶えて、今その場所にこうしている。許された滞在時間は八日間。

(何からしよう)

幼い頃から、カエルラに行ったらあれをしよう、これがしたいと夢想してきた。十五時間に及ぶ空の旅が、疲労となって体にのしかかってはいるけれど、心はとてもじっとしていられないと訴えている。「早く行こう」と急《せ》き立てる心に負け、玲はじわりと体を起こした。

(少しだけ、散歩でもしてこようかな)

このまま寝ても、眠れそうにない。手回り品をボディバッグに詰め替え、脱いだばかりのコートを羽織った。

フロントで周辺の観光地図をもらい、ホテルを出る。来たときには気付かなかったが、あたりには水仙の香りが満ちていた。それは、目の前にそびえる城壁ぎわの花壇からただよってきているのだった。

（……まずは城かな）

レインの記憶が本物なら、彼はカエルラ二王家のうち、カエルム家の人間だった。記憶にある風景の多くがオルロ城内部に酷似していることは、インターネットや記録写真で確認済みだ。旧カエルム邸にも行ってみたいところだが、残念ながら一般には公開されていない。

はやる気持ちのまま、足早にオルロ城の観光客用ゲートへと向かった。旧王城はカエルラでも屈指の観光スポットだが、閉城間際の今の時刻、観光客の姿はまばらだ。入城料を払って中へ進む。

（知ってる）

石造りの尖塔を見上げ、そう思った。

小さな鉄扉。壁にかかったタペストリー。周囲を飾る人物画や、大窓にかけられたカーテンは変わってしまっているけれど、その向こうのテラスと庭園には見覚えがある。

（知ってる……僕はここにいた……！）

高揚で胸が爆発しそうになる。うれしい。だが、同時に、いよいよ後戻りできない運命へと向かっている予感が、玲の背筋を撫《な》で上げる。なぜだろう。幸福な記憶の場所のはずなのに、少しだけこわい。それでも、招き寄せられるかのように駆け出す足を止めることはできなかった。

まっすぐに、中央部にある大広間へと向かった。案内図も見ずにたどり着いたことには、玲自身も気付かなかった。

「ここ……」

大広間の扉の前には臙脂《えんじ》色の太いロープが張られており、中に入ることはできない。だが、開かれた扉から覗ける部屋の内部は、玲が知っているとおりだった。

磨き上げられた寄せ木細工の床。大きな鏡がいくつも埋め込まれた白壁。優美なアーチを描く天井は、天国を描いた装飾画と華やかな金飾に彩られている。

(……そうだ。昔はあそこにチェンバロが置かれていた。お父様お気に入りの楽師たちが音楽を奏でて……)

——きらびやかな衣装に身を包んだ人々が、さんざめいていた。

王冠を戴《いただ》く威厳に満ちた父。美しく聡明な母。まだ幼くも可憐な妹。叔父、叔母、従兄弟たち。カエルム家の人々も、けっして人望がなかったわけではない。

だが、アレックスが現れると、広間中の誰もが賞賛と羨望の視線を彼に向けた。もちろんのことながら、レインもだ。誰に言えなくてもかまわない。彼を見つめていないと心がしぼんで死んでしまう。本気でそう思うくらい、彼のことが好きだった。

カエルラの誇る宝飾品の数々もかすんで見えるほど豪奢《ごうしゃ》な金糸の髪と青玉の瞳を持つ男。彼もまた、レインを見つけるとひときわうれしげに瞳の奥でほほ笑んでくれた。

目配せを交わし合い、カーテンの陰から庭へと逃れた夜更け。どこの茂みからともなく聞こえてくる、先客たちの嬌声《きょうせい》に誘われるように、胸を高鳴らせて唇を重ねた——。

実際に見ている風景に重なって、古い記憶が次々とよみがえってくる。

(これは、新しい記憶……?)

目眩《めまい》を覚え、顔を覆った。既知の記憶に、知らない記憶が混ざっている。こんなことは四年前のあの日以来だった。

なつかしい。帰ってきた。自分があるべき場所はここなのだ。玲の身の内でレインがそう訴えているのがわかる。押さえた目蓋の下からとめどもなく涙があふれ、頬と腕とを伝っていく。本能的な恐怖を感じた。まるで「自分」を、レインに奪われてしまいそうな。

押し寄せる新たな記憶と昂《たかぶ》った感情から逃れようと、玲はよろよろとその場を離れた。大広間の奥は謁見の間、さらに奥が玉座の間。その先で左右の回廊はひとつになり、白鳥の首のように湖に突き出した、王族専用のサンルームへと続いている。

(ここ……)

まばゆい光に満ちた、その白いサンルームもまた、レインの記憶に深く刻まれた場所だった。もっとも、レインがここを訪れるときは、決まって夜更けだったけれど——。

ふらふらと、何かに誘い込まれるかのように、玲はサンルームの奥へ進んだ。中国人観光客の団体とすれ違う。サンルームの最奥部は、ガラス張りの小部屋のようになっていて、差し込む光が反射してまぶしいほどだった。そこではカエルラ人らしきカップルが青い湖を眺めていたが、玲に気付くと、泣き濡れた顔にぎょっとし、そそくさと去っていった。

彼らがいなくなると、サンルームは無人になった。無意識にホッとして、あたりを見回す。ここもまた記憶と変わらないように見えた。

あの頃——レインが生きた時代、カエルム家の一家はこのオルロ城で暮らしていた。

カエルラでは、長く、二王家から交互に王を輩出する王制を取っていた。一方の王家が国を治めているあいだ、もう一方は城の隣に構えた邸宅に控えている。そして、代替わりとともに、前国王の一家は統治権も城ももう一方にゆずり、自分たちの邸宅へと戻るのだ。

元は王家を永続させるために始まったしきたりは、一見理に適《かな》っているようで、実にさまざまな火種を孕《はら》んでいた。時代が下るにつれ、カエルム家とラクス家、二つの王家はそれぞれに統治権を独占しようと目論《もくろ》み、反目し合うようになっていった。

カエルラ国史では、今から約百年前にその制度が崩れている。当時のカエルム家の第一王子がラクス家の王太子を殺害。国を二分する内紛へと発展したが、最終的には民衆の支持を集めていたラクス家が、貴族王権主義のカエルム家を追放して王位を握った。通称「青の戦争」だ。

レインが生きた時代は、その反目の時代のどこかだったのだろう。にもかかわらず、レインはラクス家のアレックスに惹かれ、アレックスもまたカエルム家のレインに惹かれた。誰にも祝福されることのない、許されない恋だった。

（そうだ。だから……、ここは湖から直接城に入れるから）

草木も寝静まる夜更け、アレックスは西岸のラクス家の庭から小舟を漕《こ》ぎ出し、このサンルームへとやってきた。レインもまた人目を忍んでここで待ち、彼を城へと招き入れた。ここは、ままならぬ恋に落ちた二人が、幾度も逢瀬《おうせ》を重ねた場所だった――。

思い出に招かれるように、閉じられていた扉に手をかけた。押し開けると、澄んだ風が頬を撫でる。石造りのテラスの向こうには、宝石のように美しいカエルラ湖の青い湖面が広がっている。

――と、あたりに耳をつんざくような警告音が響き出し、玲はハッと我にかえった。

「えっ、……あ、これっ⁉」

自分が押し開けている、まさにその白い窓枠に、カエルラ語と英語と中国語で「お手を触れないでください」と書いてある。それを勝手に開けてしまったため、防犯設備が作動したらしかった。

「どうしよう……」

入国早々トラブルなんて冗談じゃない。とっさに逃げ出そうとしたものの、あやうく数歩で踏みとどまった。

(だめだ、逃げたら余計に怪しまれる)

玲は何も悪いことはしていない。ただちょっと、決まりを破ってしまっただけのことだ。

(うっかり開けただけだって、説明してわかってもらうしかないか……)

自分の軽率な行動を悔やみながら、玲は警備員が駆けつけてくるのを待った。

だが、最初にその場に現れたのは、警備員ではなかった。

「どうしたんだ？　何があった？」

足音より先に響いてきた声には、確かに聞き覚えがあった。甘く、耳をとろかすような美声。

(……この声……)

まさかと思いながら振り返る。

いや、そんなはずはない。彼は今や過去の人だ。生きているわけがない——。

だが、否定する理性とはうらはらに、胸は痛いほど激しく高鳴っている。

「——！」

目に飛び込んできた人の姿に、玲は大きな目をこぼれんばかりに見開いた。頭の中が真っ白になる。

「……嘘だ……」

思わず日本語で呟いた。だが、こんな奇跡の造形が二つとあるはずもない。

まばゆいばかりの黄金の髪。見る者の声を奪う圧倒的な美貌。均整の取れた厚みのある体に、クラシカルな三つ揃《ぞろ》いのスーツが、ため息が出るほどよく似合っている。午後の光は彼の輪郭をやわらかく縁取り、彼自身が光を放っているようにも見えた。

「アレックス……」

——いや、違う。それは、親しい人間にだけ許された愛称だ。本当の名は……。

わななく唇から、たった今思い出したばかりの名を押し出した。

「アレクサンドル」

——そう、アレクサンドルだ。

アレクサンドル・ラクス。ラクス家の第一王子にして、「青の王国」カエルラの王太子。レインの父から、次の王位を継ぐという運命の下に生まれた人だ。

——現国王の第一王子でありながら、王位に就けないことについて、レインにあれこれ言う周囲の声は絶えなかった。だが、レインはアレクサンドルに嫉妬したことなど一度もない。むしろ他の誰よりも、アレックスが国王にふさわしいと思っていた。

王宮の庭で彼に出会った十四の春、一目で彼に恋をした。報われない気持ちだとしてもかまわない。アレックスがいると聞けば、どこへでも出向いた。彼がそこにいてくれさえすれば、たとえ話しかけられなくてもよかった。あの頃も今も同じだ。自分はただ、彼に逢いたくて逢いたくて、ここまで来た——。

玲の情熱と城の記憶が、まぼろしを見せているのかと思った。どっと涙があふれてくる。

まぼろしでもいい。彼に逢えた。それだけでいい。

涙を流す玲の顔を、彼が呆然と見つめている。

「……きみは……」

考えるより先に体が動いた。駆け出し、彼の胸に飛び込んだ。

「！」

受け止めてくれた彼の体からは、なつかしい香りがした。最高級のホワイトムスク。それに混ざる、高貴な水仙の香り。

見開かれた瞳を見上げる。陽光をはじくカエルラ湖のように、深く透きとおるロイヤルブルーの右目は、玲のよく知る彼の色だ。左目の灰色がかったダークブルーは初めて見る色だったが、星空を映す湖にも似て、やはりため息が出るほど美しい。

神秘的なオッドアイに魅入られたように、玲は黙って彼の双眸を見つめた。

戸惑っている。だが、拒絶されてはいない。戸惑う気持ち以上に強く、彼も玲に惹かれている。それが手に取るように伝わってくる。

不思議には思わなかった。だって、アレックスとレインは——彼と自分は、深く魂まで求め合った恋人同士だったのだから。

（……あなただ）

声が出なくなってしまった喉をあえがせ、玲はゆっくり瞳を閉じた。眦から新たな涙がこぼれ落ちる。

「逢いたかった……！」

逢いたかった。あの頃も、今も。ずっと、あなただけを探し求めてきた。

永年の気持ちを一言に込め、誓いのように口づける。

「……」

ふるえる唇を押し当てたのは、ほんの一瞬。

つま先立ちから踵《かかと》を付けると、自然、口づけがほどけていく。

名残惜しく目を開けると、彼はまだ呆然と玲を見つめていた。その唇から、声が押し出される。

「……きみは、だれだ……？」

言葉どおりの意味にも、それ以上の意味を含んでいるようにも聞こえた。

「——」

その問いに、頭を横殴りにされたような衝撃を受ける。目の前が暗くなった。

拒絶されていないと思ったのに——キスまで受け入れたのに、彼は玲が誰だかわからないらしい。

レインを覚えていないのだ。

「…………」

「……きみは、」

呆然とする玲に、彼が何かを言いかけたとき、バタバタと複数の足音が近づいてきた。二人ともはっとそちらを向く。遅ればせながら、今度こそ警備員たちが駆けつけてきたのだ。

彼は唇を引き結ぶと、再び玲に視線を戻した。宝玉の瞳が、ほんの一瞬、逡巡《しゅんじゅん》に揺れる。

「……行きなさい。ここはわたしが引き受けよう」

美しく深い声が、格調高いカエルラ語で言った。

「でも、」と戸惑う玲に、彼はやさしく目を細めた。その表情は、夢に何度も見てきた、アレックスがレインに向けるそれにそっくりだった。

（……覚えていないなら、どうして？）

なぜ見知らぬ自分を助けようとしてくれるのだろう。

玲の戸惑いが伝わったかのように、彼は言った。

「きみは悪人ではないだろう？」

「ええ……、でも、それではあなたが」

「気にすることはない」

行きなさい、と背中を押される。

「え、待って……！」

まだ彼が、どこの誰かもきいていない。もっと一緒にいたい。話したい。だが、それらを伝えるには、あまりにも時間が足りない。

「殿下っ!?」

駆けつけてきた王城の警備員たちは屈強だった。厳《いか》めしい濃紺の制服に、サーベルまで腰に下げている。この城の警備員は正しくは「警備兵」なのだと、今更ながらに思い出した。

「ご無事ですか、殿下。なぜこちらに!?」

（――〝殿下〟）

現代のカエルラ語ではまず耳にしない敬称に目を瞠る。王族や貴族、ごく一部の特権階級の子弟に対してのみ使う言葉だ。

だが、「殿下」と呼びかけられた彼は、取り乱すでもなく、鷹揚《おうよう》な態度で答えた。

「たまたま居合わせただけだ。心配ない」

「こちらは？」

視線が一斉に玲に向く。玲はたじろぎ、肩をふるわせた。

言葉はわかる。同じ法治国家の人間として、話せばわかってくれるだろうとも思う。玲は犯罪者ではないのだから、こわがる必要はないのだ。だが、頭でわかっていても、感情がついてこなかった。

異国の屈強な男たちに取り囲まれ、不審の目を向けられるのが、これほどおそろしいとは思わなかった。

「彼は善良な観光客だよ。よろけた拍子に、窓に触れてしまったらしい」

警備兵たちにそう取りなすと、アレックスは美しい湖の瞳を玲に向けた。もう一度「行っていい」とかすかに笑む。

「ですが、殿下」

「大丈夫。何もなかった。わたしが保証しよう。それでは不足か？」

「いえ、そういうわけではありませんが……」

「だそうだよ。早くお行き」

この調子だと、自分がここに残っているほうが面倒なことになりそうだ。

それでもためらい、彼を見つめた。

「……ごめんなさい」

まだ何もきいていない。また会いたい。どこに行けば会えるのかも、名前すらも知らないままだ。

でも、これ以上長居することも、そんなことをきける雰囲気でもない。

玲は唇を噛み、腰を折った。

「お騒がせして……ご迷惑をおかけして、申し訳ありませんでした」

頭を下げ、その場を離れる。

「あっ、おい……っ」

「きみ、待ちなさい！」

「やめたまえ」

静止の声を、彼がさえぎる。

後ろ髪を引かれる思いで振り返った。

彼は、並んだ色違いの宝玉の目で、じっと玲を見送っていた。

2

ひんやりと乾いた石と木と埃《ほこり》の匂いに、陽光の匂いが混ざっている。花壇に植えられているであろう水仙の香りは、ここまでは届かない。

掃き出し窓から差し込む光は弱くなり、サンルームは夕焼けの色に染まりつつあった。

（……今日も来なかった）

オルロ城に通うようになって五日、今日ももうすぐ閉城だ。玲もここを出なくてはならない。わかってはいるが、あと少しだけと思ってしまう。

一日城の中を歩き回り、立ち尽くして、棒のようになった足を少しでも休めようと、玲は窓の木枠に頭を預けた。キラキラと、水面《みなも》がはじくオレンジ色の光が目蓋に躍る。夕陽が湖面に光の道を付け、息を呑《の》むほど美しい。だが、その光景を目の前にしてさえ、玲の心は一向に晴れなかった。

（あの人にもう一度会いたい）

気付けばそればかり考えている。だが、アレクサンドルにうり二つの彼には、あれから何度城に足を運んでも会えないままだった。

実を言うと、当初、玲は淡い期待を抱いていた。

「殿下」の呼称に、神の奇跡をもってしても二つと作れないだろう美貌。しかも、あれほどアレクサンドルに酷似しているのだから、彼もまたおそらくラクス家の血に連なる人に違いない。もしも、彼がアレクサンドルの生まれ変わりなら――たとえ前世の記憶がなくても、彼も玲を捜してくれているのではないかと思わずにはいられなかった。

翌日、再び城を訪れ、一日、中を見て回るあいだも、三日目、朝目覚めて、居ても立ってもいられずに湖畔をさまよっているあいだも、一日このサンルームに立ち尽くしていたときも、眠りに落ちる直前までずっと、彼が迎えにきてくれるのではないかと、心のどこかで期待していた。

だが、現実はそううまくはいかないらしい。

――幸運は偶然にやってくるのを待つものではない。自らの手と足で捕まえにいくものである。

カエルラのことわざを思い出した。

そんなこと、言われるまでもなく、誰よりよくわかっていたはずなのに。父も母も、玲がどんなに期待して待っていても、迎えにきてはくれなかった。黙って待っていたところでシンデレラのように迎えはこないと、子供の頃から知っていたのに。

三日目の終わりとともに、玲は後悔し始めていた。

（なんで、あのとき逃げ出したりしたんだろう）

せめて彼の名前だけでもきいておけば、自分の居場所だけでも伝えておけば、捜す手がかりにもなっただろう。だが、今になって悔やんでも、文字通り後の祭りだ。

四日目。意を決した玲は、城の警備兵の詰所を訪ねた。四日前はあんなにおそろしく感じた彼らは、礼儀をもって接すればごく親切で、ますますあの日逃げ出したことへの後悔が押し寄せた。

あの日あの現場に居合わせた者はいなかったが、玲が「金髪に色違いの青い瞳の男」と説明すれば、そこにいた全員が「ああ」と顔を見合わせ、頷いた。

「アレクシオス様だろう。ラクス家の現当主さ」

――アレクシオス・ラクス。それが今の彼の名前らしい。

「青の戦争」以後、カエルラではラクス家による支配が続いていたが、一九六八年、当時のルークス・ラクス・カエルラ国王の崩御とともに、アレクシオスの父であった王太子が「国民に主権を委ねる」と宣誓して王制を廃止。以後、カエルラは共和制へと移行した。国民投票も必要としない、平和的な主権の譲渡は、当時大きな話題となり、かえって国民のラクス家への尊敬を高めたできごととして、今なお語り継がれている。彼はその元王家の当主なのだ。

「……アレクシオス・ラクス」

声に出して呼んでみる。この世界にはもういないとばかり思っていた恋人に、うり二つの人の名前。その響きすらも愛おしかった。その一方で、玲同様に変わってしまった名は、彼もまたレインの愛したアレクサンドルそのままではないのだと思い知らされているようで、不安にもなる。

彼に会いたいと訴えても、警備兵たちには「無理だ」と言われた。彼らでも、滅多《めった》に会える相手ではないらしい。一縷《いちる》の望みをかけて、オルロ城の左翼の先にある、ラクス家の邸宅も訪れてみたが、当然門前払いを食らった。

悄然《しょうぜん》として戻った玲は、城の警備兵たちに、自分の連絡先と宿泊先を伝えた。もし彼が自分を捜していたら、このホテルに泊まっていると伝えてほしい、滞在はあと三日だが、メールは帰国後も受け取れるから、と。

警備兵たちには、頭がおかしいと思われたかもしれない。普通に考えて、アレクシオスが見ず知らずの外国人に連絡を取りたがるはずがないのだ。あるいは、なぜそこまでアレクシオスに固執するのかと、不審に思われたことだろう。

だが、玲が連日城に通っていることを知っている彼らは、その場は「わかった」と玲が渡したメモを受け取ってくれた。

その夜、玲はベッドに持ち込んだタブレットで、一晩中アレクシオスのことを検索した。“Alexius Lacus”。二色の湖を瞳にたたえた、世界で最も美しい貴公子。今まで見つけられなかったのが嘘のように、検索のワードを変えれば、彼の姿はいくらでも現れた。

ラクス家は、今ではあくまでも「元王家」だ。そのほとんどを国に寄付してなお残った莫大《ばくだい》な資産を、アレクシオスはうまく運用し、得た利益を元に、慈善活動に注力している。その才覚とノブレス・オブリージュ——高貴なる者には責任と義務があるとの考え方だ——で国民の尊敬を集めていても、彼はあくまでも「一般人」なのだった。日本の皇族や諸外国の王族のように政治や外交の場に顔を出すわけでもなく、なかばタレントのように顔を売るセレブリイティたちとも一線を画している。「一般人」という隠《かく》れ蓑《みの》に、おいそれとは近寄れない本物の高貴な血。その両方を兼ね備えているからこそ、今まで彼を見つけられなかったのだということが、知れば知るほどよくわかった。

彼について知ることは、苦しみでもあった。なにより玲を打ちのめしたのは、彼が結婚していたことだ。既に離婚していたが、その相手との結婚式の写真も、インターネット上には残っていた。

（……あなたは、この女性《ひと》を愛していた……？）

タキシード姿の彼の隣でしあわせそうに笑っている、ウェディングドレスの女性を、画面の上から撫でる。不思議と嫉妬は湧かなかった。

彼には愛した人がいた。その人は女性だった。その事実は、ただただ玲の心を痛めつけた。

アレクシオスは、レインを愛したアレクサンドルではない。玲が彼に焦がれても、彼は玲を愛してくれない。

（やっぱり、あなたは前世の記憶がないんだ）

しかたがない。どうしようもない。前世の記憶など、なくて当たり前なのだ。

なんとか自分をなだめようとしたが耐えきれず、シーツに潜って玲は泣いた。頭ではわかっていても、一度会ったあとだけに――一度期待してしまっただけに、彼の存在を知る前よりも絶望は深かった。あふれる涙は止まることなく、玲の恋も期待も溶かし尽くし、洗い流してしまいそうだった。

それでも、一晩を泣き明かし、しらじらと夜が明ける頃になると、玲はそっとベッドを下りた。アレクシオスの姿を探し求めて、湖畔をさまよう。この国に来てから続けていた習慣は、その朝もやめられなかった。

彼に前世の記憶がなくても、愛されなくてもかまわない。愛されないことには慣れている。これまでだって、祖母以外には誰にも愛されたことなどない。それでもせめてもう一度、彼に会いたいと願う気持ちは、右手にはめた指輪のように小さく輝く結晶となって、玲の胸に残っていた。

その日も、大聖堂横のスタンドでキッシュを買い、簡単な朝食をすませると、玲はまっすぐに城へ向かった。

　せめてＳＮＳやインターネットでアレクシオスの動向がわかればいいのだが、彼があくまでも一般人としてふるまっているからか、それとも、カエルラ国民が皆、彼を敬愛しているからか、あるいは、彼が出向く場所が特異であるからか――おそらくどれもが理由だろうが、むやみやたらとＳＮＳに彼の写真を投稿するような人間はあまりいない。そうなると、玲はやはり彼に会ったあのサンルームで待っているしかないのだった。

　正門に立っている警備兵たちは、既に顔見知りだ。

「おはよう《サルウエーテ》。人が増えたね」

　玲が声をかけると、彼らは「明後日《あさって》が祭りだからな」と答えた。

　明後日、春分の日はカエルラの祝日、「マルティヌス祭」だ。人々は白い衣装と仮面をつけて篝火《かがりび》を焚《た》き、春の到来を祝う。中でも、オルロ城を開放してのイベントは盛大で、何千、何万という人々が集い、グリューワインとソーセージを片手に、コンサートや観劇を楽しむのだった。

「おまえも来いよ。って、言わなくても来るだろうけど」

　ハッハと大口を開けて笑う警備兵たちに「もちろん」と玲も笑い、中へと進んだ。前世の記憶に上書きするように、この五日で見慣れた城内に視線をめぐらせる。

（……そっか。もう明後日なんだ……）

十八歳になるタイミングと、高校の卒業式、大学の入学準備などの都合もあったが、玲がカエルラ訪問の日程をこの週にしたのは、マルティヌス祭が見たかったからだ。来たときには一週間も先、帰国前のお楽しみだと思っていたのに、あっという間に時間は過ぎていく。

(このままじゃ、大聖堂も、町並みも、ろくに見ずに帰ることになるのかな)

苦笑せずにはいられないけれど、まっとうな人生を送っていれば、これからもカエルラを訪れる機会はあるだろう。今はただ、アレクシオスに会いたい。

(会って……どうしたいわけでもないんだ……)

ただ、もう一度近くであの人を見たい。あの湖の瞳に見つめられたい。彼に前世の記憶がないなら、愛されるなんて分不相応な夢など見ない。もう一度だけ、あの人に会うことができたら……もし言葉を交わすことができたら、その記憶だけを宝物にして、これからも生きていく。

我ながら、薄っぺらな望みだ。恥ずかしいなと思う。元王家の当主として福祉に尽力し、オルロ城内部や、王家文書の一般開放などでも、社会貢献に尽くしてきたアレクシオスに比べると、彼を好きだと言うことさえ、おこがましく感じてしまう。

だが、それも玲自身が薄っぺらなのだから、しかたないことだった。さみしさに耐えるため、前世の愛の記憶にすがって、現実こそが夢であるかのように生きてきた。自分は空っぽなのだと思う。でも、空っぽの器には、これから何でも詰め込める。どのようなかたちになろうと、この旅で前世に夢見る自分と決別し、今度こそ現実に向き合うことができるなら、それでもいいのだ……。

サンルームの窓際でぼんやりと物思いに沈む玲の前を、大勢の観光客が通り過ぎていった。

今日は風がないのだろうか。ガラスの向こうのカエルラ湖は、おそろしいほど静かに凪《な》ぎ、アルプスの山と春の空を映し込んでいる。

この国がカエルラ——「青」の国を名乗るのは、この湖と空の青がこの国の象徴だからだ。山と大地を抱く空と、深く透きとおる湖の色は、そのまま、この国特産の宝石、カエライトの色でもある。

見る角度と光の具合によって鮮やかに色合いを変える青玉は、カエルラ国内の鉱脈からしか採れない。その希少性と加工の難しさゆえに、カエルラ国内で宝飾品に加工されたカエライトは、昔から非常な高値で取引されてきた。フランス、ドイツ、イタリアといった大国に囲まれながらも、この小国が今日まで長らえたのは、カエライトを中心に発展した貴金属製造業と、そこから派生した精密機械工業がもたらす潤沢な資金が、そのまま国力となってきたからだ。

(でも、あなたの瞳は、この石よりも、この湖よりも美しい)

右手中指の指輪を撫でながら、目蓋の裏にアレクシオスの面影を思い浮かべる。睫毛の先でキラキラと、水面にはじける陽光が躍った。

「すごい指輪だね。カエライトだろう、それ」

ふいに耳元で声がした。カエルラ語だ。とっさに左手で右手の指輪を上から握り、振り返る。

玲の顔を覗き込むようにしていたのは、見知らぬ少年だった。

背丈は玲と変わらない。年齢もたぶん同じくらいだろう。アッシュブロンドに、南の島の海のようなエメラルドブルーの瞳。シンプルかつカジュアルな服装だが、全身から隠しようのない品の良さが滲《にじ》み出ている。

視線が合うと、彼は人懐っこく「やあ」と笑いかけてきた。

「あ、うん」

とは答えたものの、初対面のはずだ。でも、どこかで見たことがある気もする。

「あの、誰……?」

玲が首をかしげると、彼は「コニーって呼んで」と右手を差し出してきた。やはり初対面らしい。

「コニー」

「そう。きみは?」

「え? ああ、レイだ」

勢いに呑まれ、ついそう答えてしまった。相手が本名かもわからないのに。

コニーは玲の手をぎゅうぎゅう握って、「レイか。よろしく!」と笑っている。

「きみ、ここんとこ毎日城に来てるだろ? ずーっとここにいるみたいだから、気になってたんだ」

彼の言葉に、玲は何度か目を瞬かせた。

「そうだけど、なんで知ってるんだ？」

「オレも毎日来てるんだよ。明後日の祭りの準備で、いろいろやらなくちゃいけないことがあるから」

「あ、そう」

——ということは、祭りか城の関係者なのだろうか。

玲は少し警戒をゆるめた。

「ねえ、毎日ここで何してるんだい？」

単刀直入な質問に苦笑する。

「人を捜してる……というか、待ってるんだ、ここで」

「そんなに何日も？」

それはもう望み薄なのでは、という言葉が顔に貼り付けられている。

素直なやつだな、と思った。人に愛されて育ったゆえの、傲慢にならない開けっぴろげさ。

「僕が勝手に待ってるだけだからいいんだ」

玲が言うと、コニーはちょっと表情を改めた。

「誰を？」

「アレクシオス・ラクス殿下」

答えると、彼は目を丸くして、「ワァオ」と呟いた。

「きみ、彼の親衛隊か？」

「親衛隊？」

突拍子もない言葉に、今度は玲が目を丸くする番だ。

コニーはちょっと苦笑いした。

「彼の過激なファンのこと。知らないってことは違うんだね」

「違うよ。ごめん、観光客だからよく知らないんだ」

「そうなんだ。どこから来たの？」

「日本」

「日本!?」

その外見で？　という言葉を、彼がとっさに呑み込んだのがわかった。容姿や外見についての言及は不躾《ぶしつけ》だという認識が、ヨーロッパでは浸透している。

「うん」と玲は頷いた。

「高祖母がカエルラ人だったらしいから、十六分の一はカエルラ人だけどね。ほとんど日本人だよ。見た目はいわゆる『先祖返り』ってやつ」

「へー」と感心したように彼は唸った。

「ってことは、そのカエルラ語も自分で勉強したの？　高祖母って、おじいさまか、おばあさまのおばあさまってことでしょ？　会ったことないよね」

言いながら、自然なしぐさで玲の横の窓枠に背を預ける。

長話をするぞという意思を感じたが、玲も避けるつもりはなかった。自分で選んだこととはいえ、毎日同じ場所で待ち続けて、少し退屈していたのは否めない。

「僕が生まれたときには、ひいおばあちゃんまでしか生きてなかったな。カエルラ語は独学だ」

……ということにしておいた。「前世の記憶があるためにカエルラ語も読み書きできます」なんて、初対面で言われたら玲だって引く。

「すごいな、めちゃくちゃ勉強しただろ？　ちょっと古風だけど、とても綺麗なカエルラ語だよ」

素直な賛辞を口にして、コニーは身を乗り出すように玲の目を覗き込んだ。

「一眼に夜明けを、一眼に青空を映す……」

何かの詩を諳《そら》んじるみたいな声音だ。「え？」と首をかしげると、我に返ったように言い繕った。

「ああ、ごめん。綺麗な目だと思ってさ」

ごまかされたような気はしたが、「ありがとう」と返しておいた。

「そんな褒め方をしてもらったのは初めてだよ」

「嘘だろ。そんなに綺麗なのに？」

本気でいぶかしげな顔をされる。玲は「日本じゃ悪目立ちするだけだからね」と苦笑した。

オッドアイ――虹彩異色症は、犬猫には多いが、ヒトに現れることはごく稀《まれ》だ。子供の頃には、いじめのきっかけになることもしばしばだった。親はいない。どころか、一見、日本人にも見えない。異質なものは排除しようとするのが人間の心理だ。

(それでも、本当に美しいものには魅了されずにいられない)

「この国の人がこの目を見ても驚かないのは、もっと美しいオッドアイを知っているからだろ」

玲の言葉に、「え?」とコニーがきき返した。

目を伏せ、眼裏《まなうら》にアレクシオスの美貌を思い描く。それだけで、玲の胸は甘く痛んだ。

「さっきの、きみの言い回しで言うなら、『一眼に真昼の、一眼に夜更けの湖をたたえた』……、太陽神《アポロ》のごとき黄金の髪をなびかせて、どんな宝飾品よりも豪奢な人が、この国にはいる」

夢見るように玲が言うと、コニーはふっと笑った。

「それって、アレクシオス・ラクスのこと?」

「そんな人が、この世に二人もいると思う?」

「そりゃそうだ」

あっさりと同意して、コニーはたずねた。

「どうしてそんなに彼に会いたいんだ?」

「うーん……」と玲は即答を避けた。「前世で恋人だったから」などと言ったところで、信じてもらえるわけがない。

「なんて言ったらいいんだろ……、彼に運命を感じるから？」

「親衛隊よりも過激だな」

「だって、もう既に一回、運命的に会っちゃったんだ」

玲が言うと、コニーは「会った？」とエメラルドブルーの瞳を瞬かせた。身を乗り出して、「いつ？」とたずねる。

「五日前。僕、そこの窓開けて警報装置を鳴らしちゃってさ。困っていたところを、偶然、殿下に助けていただいたんだ。そのときは、きちんとお礼が言えなかったから」

「ああ、なるほど。そういうこと」

コニーはやっと得心がいったというふうに頷いた。

冗談めかしてきいてみる。

「不審者疑惑は晴れた？」

「まあね。それで五日も同じ場所に通い詰めちゃうっていうのも、相当義理堅いんだなぁって思うけど」

「一目惚《ぼ》れしちゃったんだ」

玲が言うと、コニーは「無理もない、あの美貌だもの」と笑った。これも冗談だと思ったらしい。

「彼に会えるまで、ずっとここにいるつもり？」

「帰国まではね」

「帰国っていつ？」

「明明後日《しあさって》。マルティヌス祭を見たら帰るよ」

「そんなに早く？　それなのに彼を待ってるの？」

「変なやつだと思うだろ？」

伏し目がちに玲は笑った。コニーは「うーん」と唸ったが、「わかった」と頷いた。

「もし、オレが彼を見かけることがあったら教えるよ。連絡先をきいてもいい？」

玲は少しためらった。だが、彼はどう見ても良家の子息といった雰囲気だ。「メアドだけなら」と頷いた。万一悪用されても、たいしたことにはならないだろう。

スマートフォンを取り出し、互いの連絡先を交換する。スマホをポケットにしまいながら、彼は「ひとつ、いいこと教えてあげる」と、思い出したように言った。

「いいこと？」

「アレクシオス・ラクスに会わせてあげるのは無理だけど」

と先に断られて失笑する。

「わかってるよ」

「オルロ城の左翼の先に、ラクス家の邸宅があるのは知ってるだろ？」

「うん、昨日行ってみた」

「行ったの!?　勇気あるなぁ。……そこと城のあいだは、元々ラクス家の庭園で、今は国立植物園になってるんだ」

「そうだった」

　昨日の記憶を掘り返しながら頷くと、コニーもまた頷いた。

「湖岸は遊歩道になってて、小さな四阿があるんだけど、そこから見る夜明けが素晴らしいんだ。本当に、こんなに美しい風景がこの世にあるんだって感動する」

「へぇ」と玲は頷いた。

「そこから夜明けを眺めた人には、いいことが起きるって言い伝えがあるんだ。開城前ならここにいる必要もないだろ？　是非その時間に行ってみてよ」

「わかったよ。ありがとう」

　玲がもう一度頷くと、コニーはいたずらっぽいウィンクを寄越した。

「きみにいいことがありますように」

カエルラ滞在六日目の朝。夜空の東の端にうっすらと朝の気配がただよい始める頃、玲はホテルをあとにした。空にはまだ星が瞬き、地上はより夜に近い。一日で一番冷え込む時間、コートのポケットに手を突っ込んで、オルロ城の城壁に沿って歩く。

城の正門前にはロータリーがあり、東側の角には大聖堂、向かいには国会議事堂がそびえていた。ロータリー中心の花壇は小さな丘のようにしつらえられ、寄せ植えにされた早春の花々が、まだ目覚め前の街にさわやかな香気を振りまいている。

やがて城壁が途切れると、小径《こみち》を挟んで、鬱蒼《うっそう》とした森が現れた。「国立オルロ植物園」の看板が出ていなければ、いつの間に山の麓まで歩いてきてしまったのかと思うような自然林だ。

「……ここ……？」

スマートフォンの地図と小径を見比べ、玲は一瞬躊躇《ちゅうちょ》した。だが、コニーの言っていた場所は確かにここだ。小径の入り口に立てられていた看板によると、植物園に沿って、カエルラ湖の湖岸が遊歩道として整備されているようだった。

「うーん……」

人けがないのが少し不安だ。だが、覗き込んだ小径の木々に呼ばれているような気がして、おっかなびっくり、足を踏み入れる。

湖から流れてくるのだろうか、森には乳色の朝靄《あさもや》がただよっているものの、まだそこここに夜の闇が潜んでいた。だが、騒がしいほどにぎやかな小鳥たちの囀《さえず》りは、確かに夜明けが近いことを教えている。

湖岸へと近づくにつれ、何かに誘い込まれているかのような感覚は、朝靄とともにより濃く、深くなった。五日前の城と同じだ。初めて来る場所にもかかわらず、こちらに向かえば湖岸に出るということも、そこにどんな風景が広がっているかも、玲にはわかる。歩いていた足はいつしか駆け足になり、あっという間に湖岸に出た。

「ああ……」

そうだ、この夜明けを知っている。

(ここにもあなたと一緒に来た)

朝霧が流れ込んでくるように、一片の記憶がよみがえった。

まだ、互いの気持ちを伝え合う前だった。ちょうど今時分——本格的な春が間近に迫ったある日の朝、レインは、アレクサンドルに手を引かれてここへ来た。

あの頃、ここはラクス家の庭園だったから、カエルム家のレインは、本来立ち入ることができなかった。けれども、アレクサンドルはレインをここへ誘った。『きみに本物の夜明けを見せたいんだ』と言って……。

対立する家の敷地内に忍び込む危険を、レインはよくわかっていた。もし、アレクサンドルにだまされているなら、生きて帰ることはできないかもしれない。だが、彼の誘いを断るという選択肢は、レインにはなかった。「わかりました」と頷いた。そうして、彼に導かれ、ここへ来た――。

呆然と湖のほとりに立ち尽くす。視線をめぐらせると、左手に小さな四阿が見えた。

「あそこ……」

湖面に大きく枝を張り出した木の影に、その四阿はひっそりとたたずんでいた。

ふらふらと夢遊病者のような足取りで、玲は四阿の中へと入った。湖面にせり出した四阿のふちまで行くと、水面をただよう朝靄が腰高の壁を越えて流れ込んでくる。

対岸の山ぎわは白み、玲の頭上を越えて背後の森の暗闇へと、壮大なグラデーションに染まっていた。まるで誰かが空に敷いた夜色の覆い布をたぐり寄せているかのように、空は刻々と明るくなっていく。

祈りにも似た敬虔《けいけん》な気持ちで黎明《れいめい》の空を見上げた。曙光《しょこう》が一筋、対岸の山の端から差し込んで、靄を浮かべる水面に、やわらかな光の道を描く。

(「本物の夜明け」だ……)

城を挟んで東岸に居を構えるカエルム家からは、湖に陽が沈むところだけ、西岸に居を構えるラクス家では、湖から陽が昇るところだけしか見られない。だが、アレックスはレインにこの夜明けを見せながら言ったのだった。

「いつか、きみの家族にも、この風景を見てもらえればいいと思っている」

今は不仲な家族の手前、人前で会話することも難しい。けれども、いつか互いの家族がわかり合ってくれたなら……恋人を名乗ることはできなくても、せめて友人としてでもいい、親しくあることを許してもらえたら。

「きみが誰であろうと、きみのことを愛している」

そう囁《ささや》いて口づけてくれた、彼のぬくもり――。

「――きみか？」

ふいに背後から声をかけられ、心臓が飛び出しそうになった。玲が振り返るより早く、腕を摑《つか》まれて振り向かされる。

「！」

まぼろしかと思った。

（アレックス……！）

驚きすぎて声を失う。

スウェットの上下に、ウィンドブレーカーのフードを深くかぶり、足元はスニーカー。耳にはイヤホンを差している。目の前にいる彼は、先日と異なり、ごくカジュアルなジョギング用の格好をしていた。だが、そのフードから垣間《かいま》見《み》える奇跡の造形を、玲が見間違えるわけがない。

「アレクシオス、殿下」

やっとのことで、たったそれだけ、声にして喉から押し出した。

動揺にふるえた玲の声音に、彼は宝玉の瞳を見開いた。かと思うと、微笑して、玲の左手を自然に取り、甲に口づける。

「『殿下』はいらない。よかったら、この前のように『アレックス』と」

「いえ、でも……」

城の警備兵たちでさえ、彼を「殿下」と呼んでいたのだ。自分などが愛称で呼んでいいとは思えない。

だが、アレクシオスはまるで親しい恋人にするかのように口づけた手を引いて、自然に距離を縮めた。

「また泣いている」

ささくれなどひとつもない、なめらかで温かい手が玲の頬をそっと撫でた。彼の言葉と、涙をぬぐう手つきに、自分がまた泣いていたことを知る。

「……すみません」

彼は首を横に振った。

「泣くこと自体はかまわない。だが、何かかなしいことがあったのなら聞かせてくれないか。力になれることがあるかもしれない」

（……かなしいこと）

ぐっと唇を嚙み締める。

あなたに会えなかったこと。あなたに愛した人がいたこと。あなたにとって、男の自分は恋愛対象ではないと知ったこと——。

理由はいくらでも挙げられる。だが、どれも口にするわけにはいかなかった。首を横に振り、視線を湖のほうへとそらす。

「ここから見る夜明けが、あまりにもなつかしく、綺麗だったので……」

「なつかしい？」

玲の言葉に、アレクシオスは首をかしげ、フードを上げた。豪奢な金糸がこぼれ落ちる。昔のように結うほど長くはないものの、それでもあたりを照らす朝日のような、見事なブロンドだ。

見惚《みと》れる玲に、彼はたずねた。

「以前にもここへ来たことが？」

「ええ、とても遠い昔に……。ここから見る夜明けが美しいと教えてくれた人がいたんです」

思い切って、玲は続けた。

「彼は、ここから見る夜明けを、『本物の夜明け』と呼んでいました」

祈るような気持ちで彼を見上げる。

――やはり、あなたのことだとはわからないだろうか。あなたとの、遠い昔の思い出だと。

(あなたが覚えているならわかるはずだ)

本物の夜明け、と、アレクシオスは口の中で繰り返した。言葉の感触を確かめるように。だが、それだけだった。どう見ても前世の自分の言葉を聞いた人の反応ではない。

(……やっぱり覚えていないんだ)

高いところから突き落とされたような気がした。下りのエレベーターに乗っているときの、内臓だけふわっと浮き上がるような、あれをもっと強烈にした感じ。

でも、だとすれば、彼が玲を迎えにきてくれなかったことも頷ける。

目の前にたたずむ彼は、もはや玲が夢に見たアレックスではないのだ。レインの愛したアレクサンドルは、面影だけを遺《のこ》して、この世から永遠に失われてしまった……。

「……っ、すみません」

どうしようもなくあふれ出した涙を隠そうと顔をそむける。

アレクシオスは、「いけない」と目元をこする玲の手を握って止めた。

「そんなにこすったら目を痛める。せっかくこんなに美しいのに」

言いながら、首にかけていたスポーツタオルで、新たな涙を吸い取ってくれる。

かすかな洗剤の匂いに混じり、彼自身の匂いと香水の香りが立ちのぼった。彼が好んでつけている香りは、アレクサンドルと同じだった。香りに記憶を揺さぶられ、余計に涙があふれて止まらなくなる。

「僕は、この湖と同じ色をした、あなたの瞳のほうが、ずっと美しいと思います」

それは奇《く》しくも、レインが初めてアレクサンドルと交わした言葉に酷似していて。

(こんなにも、あなたに似ているのに……！)

爆発的に昂った感情を抑えられず、玲はタオルに顔を埋《うず》めた。

「ごめんなさい」

彼はどう思ったのだろう。短く「失礼」と断ると、玲の体を抱き寄せた。

「――」

突然のことに呆然とする。

(……どうして？)

再会してから今までずっと、彼の行動はまるで愛しい恋人に接しているかのようだ。

だが、混乱しているのは、彼も同じようだった。

「すまない」

「……何がですか？」

「こうすることは、きみにとって不快ではないだろうか」

思いがけない言葉に目を瞠り、首を大きく横に振る。彼がほっとしたのが、服越しにも伝わってきた。

「なぜだろう……。わたし自身、戸惑っている。このあいだもそうだった。きみの泣き顔を見ると、無性に落ち着かない気持ちになる。こうして抱き締めなくてはいけない気がするんだ」

本当に不思議そうに、アレクシオスは言った。まるで自分の心の深淵《しんえん》を覗き込んでいるかのような声音だった。

無理もない。彼にしてみれば、玲とはほとんど初対面だ。しかも最初のときにはいきなり抱きつき、キスまでした不審者。警戒しないほうがおかしい。にもかかわらず、泣かれて抱き寄せずにはいられないのだとしたら、彼が戸惑うのは当然だった。

(……もしかして、あなたの中にも、アレクサンドルがいるんだろうか……)

表層に現れない前世の記憶が、彼にこうさせているのだろうか？　いつか彼も、レインのことを思い出してくれる可能性があるのだろうか——？

はかない期待に締め付けられる胸を押さえ、答えを探すように彼を見上げた。そんな玲の頬を両手で包み、湖面のようにゆらめく瞳が玲の瞳を覗き込む。

「一眼に夜明けを、一眼に青空を映す……美しい瞳だ」

詩を諳んじるような口調で、アレクサンドルが呟いた。

「え？」と思わず目を瞠る。同じ言葉を、つい昨日、コニーの口から聞いたばかりだった。なぜ彼がそれを知っている？

疑問を投げかけようとしたときだ。

「今日は、キスをしてはくれないのか？」

真面目な口調でたずねられ、玲は言葉を失った。かぁっと頬が熱くなる。

「あの、すみません、僕、このあいだは、いきなりあんなこと……」

しどろもどろに謝罪して、距離を取ろうとした玲を、彼は再び抱き寄せた。

「かまわない。……いや、今日は、わたしからしてもいいだろうか？」

「え？」

言い方こそ疑問形だが、アレクシオスは答えを待つつもりはないようだった。玲の腰を抱き寄せ、ぐっと体を密着させる。

「きみがわたしにキスを贈ってくれた理由がわかる気がする……やはり、わたしもこうせずにはいられない」

長い指に顎をすくい上げられた。唇が重なる。そっと、深く。

（え……？　あ、嘘）

驚きに見開いた玲の目の前に、きらめく二色の宝玉があった。夜更けと午下《ごか》の湖の色。アレクシオスとキスをしている。玲が彼に差し出したような、軽く触れるだけの親愛のキスではなく、しっとりと唇をすり合わせ、やわやわと食《は》まれる、まるで恋人同士のようなキスを。

やっと状況を理解したが、嫌悪感は一滴たりとも湧かなかった。

彼が自分にキスしてくれる。なぜか理由はわからないけれど――彼の言葉を信じるなら、彼自身にもなぜこうしているのかわからないのだろうけれど、確かに、親愛の気持ちを示してくれている。記憶はなくとも、惹かれずにはいられないのだと言ってくれる。それがうれしくてたまらない。涙を浮かべ、ほほ笑んで、もう一度そっと目蓋を下ろす。

「……」

長い口づけに吐息を漏らすと、唇の隙間を舐《な》められた。入っていいかときかれているようで、思わず喉を鳴らしてしまう。許しを請うように玲の歯列を舐めた舌が、そうっと中まで入ってきた。

「……、……っ、……は……、……」

口蓋を舌先でくすぐられ、気持ちよさに肩をすくめる。そんな反応を愛しむように、アレクシオスは、より深く玲の体を抱き込んだ。

「……ん……っ」

とろりと体のどこかが溶け出した気がした。膝から力が抜けそうになり、思わず彼の胸元にしがみつく。

物慣れない玲のしぐさに気付いたのか、背を抱く彼の手つきが変わった。片手で玲の腰を支え、片手でやんわりと背を撫でる。体を密着させながらも安心を誘う手の動きに、玲は無意識にほほ笑んだ。

(……やさしい)

うれしい。好き。気持ちいい。愛しさがあふれてくる。

(なんて素敵なキスなんだろう)

彼の顎に指先を添え、深まるキスを受け入れる。まるで互いを知り尽くした、親しい恋人同士のように——。

「……、」

一度唇を離したものの、名残を惜しむように、また触れ合わせる。何度も、何度も。

恋人ではない。「好き」と言えるほど知りもしない。でも、互いのあいだに少しの空間ができることももどかしいほど求め合っている。

「……一目惚れなんて、信じていなかったんだ」

唇を触れ合わせたまま、彼は囁いた。

「だが、きみとこうしていると、『運命』としか呼びようのない何かを感じる……」

「……っ」

——運命。

その言葉に、玲はぶるっと身震いした。

それは、かつてレインとアレクサンドルを結びつけ、今、玲と彼をも結びつけようとしている。

「おかしいと、きみは笑うだろうか？」

アレクシオスの問いに、玲は「いいえ」と小さく首を横に振った。やはり、唇は触れ合わせたまま。

玲のように確信できる記憶はなくとも、彼が自分に運命を感じてくれている。それは、玲にとって僥倖《ぎょうこう》でしかない。

どれくらいそうしてキスを交わしていただろう。夢のような時間だった。

「……名前を教えてくれないか」

ようやく唇を離したものの、たずねる彼の手は、わずかな間隙すら惜しむかように玲の腰を抱いている。玲もまた、その体勢を疑問にも思わず、間近に彼の瞳を見上げた。

「水嶋玲です」

「ミズシマ？」

耳慣れない名だったのだろう。鸚鵡返《おうむがえ》しにする彼に、頷いた。

「僕は日本人です」

「そうなのか。美しいカエルラ語を話すから気付かなかった」

「レイ」と、含んで舌で転がすように、アレクシオスは玲の名を確かめた。

「綺麗な名だ、レイ」

そう言う彼の声こそが、特別に綺麗だ。胸がきゅっと甘く痛む。

(僕の名前を呼んでくれた)

レインではない、玲だけの名を。

思わず「アレックス」と呼び返し、言い添えた。

「……殿下」

「アレックスでかまわない。そう呼んでくれないか、運命の人《アモル・ファタリス》」

「――」

玲は呆然とアレクシオスを見上げた。

――運命の人《アモル・ファタリス》。

かつて、そう自分を呼んだ人と、目の前の彼がぴたりと重なる。

「……覚えていないんですよね……?」

ふるえる声でたずねると、「何を?」とたずね返された。

「何って……」

わけがわからない。やはり覚えていないのか?

混乱して黙り込んだ玲を、宝玉の瞳でじっと見つめ、彼は小さく眉を寄せた。

「わたしは、きみについて何かを忘れているんだろうか……？　それが、きみをかなしませている？　もしそうなら言ってくれ」

不安を覗かせた彼の声音に、嘘はないように感じられた。

かなしみが玲の心を掻《か》き乱し、早春の湖のように冷たくさせる。だが、「いいえ」以外にどう答えられるというのだろう。どんなにさみしくても、彼を責めることはできない。

首を横に振った拍子に、ポロッと新たにこぼれ落ちた涙を、アレクシオスは自分の唇で吸い上げた。

「泣かないでくれ、レイ。きみに泣かれると、わたしの心まで張り裂けそうになる」

なだめるように、やわらかく耳の後ろを撫でられる。

「すまない」と、彼は苦しげに言った。

「あまりにも突然のことで、自分でも正直、戸惑っている。きみは確かにミステリアスで魅力的だ。だが、それだけでこんなに強く惹かれるとは思えない。自分でも、なぜこんな気持ちになるのかわからないが、きみを離してはいけない気がする。もっときみのことを知りたい。きみと話したい。こんなことを言えば、きみを困らせるだけかもしれないが……ずっときみを捜していたんだ」

「僕をですか？」

玲が目を瞬かせると、彼はきまり悪げに頷いた。

「気のせいだと思おうとした。きみにキスを贈られて、愚かにも、その気になってしまっただけだと……。だが、どうしても、もう一度会いたい気持ちを抑えきれなかった」

まるで自分の思いを聞いているかのようだ。たまらず、彼のこめかみをそっと撫でた。

(たぶん……、やっぱり、あなたなんだ)

記憶はなくとも、彼もまたアレクサンドルの生まれ変わりなのだと思う。魂に刻まれた感情に引きずられているのでもなければ、彼のような人が自分に興味を持ってくれる理由が見当たらない。

(……でも、あなたのそばにいられるなら、なんだっていい)

一時の気の迷いでも、飽きたら終わりでもかまわない。

玲はせつなくほほ笑んだ。

「僕もです」

「きみも?」

「はい。あれから毎日、あのサンルームで待っていました。あなたに、どうしてももう一度お会いしたかった……」

本当は、生まれてから今まで——いや、その前からずっと願っていた。その気持ちを伝えられるだけでも幸運なのだ。

「レイ……」

間近に見つめ合うと、どちらからともなく引き合うかのように唇を寄せ合う。

だが、ふいに、四阿のすぐ前を飛んでいった水鳥が叫ぶように一声鳴き、二人を現実に引き戻した。

気付くと、あたりはすっかり明るくなっている。

「……すまない。そろそろ行かなくては……」

腕時計に視線を落とし、迷うようにアレクシオスが言った。心から離れがたいと思っていることが伝わってくる。

「また、会ってもらえないだろうか？」

彼の言葉に、「喜んで」とほほ笑んだ。

「明後日までなら、カエルラにいます」

「明後日」と、彼は軽く眉を寄せた。もしかしたら、短いと思ってくれているのかもしれない。玲も同じ気持ちだった。けれども、帰らないわけにはいかない。この国に、玲の日常はないのだから。

抱擁を解き、スマートフォンの電話番号とメールアドレスを交換した。滞在先のホテルを、きかれるままに答える。

最後まで、名残を惜しむように握られていた手が離れていく。

「必ず連絡するよ。運命の人《アモル・ファアタリス》」

「はい」と、薄くほほ笑んで頷いた。

彼は、玲の頰に約束のキスを贈ってくれた。

3

アレクシオスと別れ、朝食のパンを買ってホテルに戻ると、部屋には花とメッセージカードが届いていた。さまざまなかたちの水仙に、ミモザとグリーンを添えた春色のアレンジメントは、小さなテーブルからこぼれ落ちんばかりの大きさだ。

「え、何？」

一瞬、部屋を間違えたかと思った。だが、自分の部屋のカードキーで入ってきたのだから、そんなわけはない。添えられていた封筒に印字された名前を見て、さらに驚いた。

贈り主はアレクシオスだった。封を開き、文面に目を通しながらベッドに腰かける。ラクス家の家紋をあしらった純白のカードには、玲と再会できてうれしく思っていること、すぐにでも会ってゆっくりと話したいが明日の午後まで仕事で時間が取れないこと、明日夜オルロ城で催されるマルティヌス祭に玲を招待したいこと、できればカエルラ滞在を延ばしてほしいことなどが、文学的な表現を織り交ぜた格調高いカエルラ語で記されていた。

読み進めるにつれ、みるみる顔に血が上っていくのがわかる。

「……これ、社交辞令？　だよな……」

こんな美辞麗句を真に受けるほどうぬぼれてはいない。だからこそ、あまりにも情熱的で詩的な表現に、居心地悪く感じてしまう。

ベッドに突っ伏し、気持ちを落ち着けてから顔を上げた。もう一度、カードと花を見比べる。

（今のカエルラって、こんなすごいお世辞が文化なのかな……。レインの頃もここまでじゃなかったけど）

戸惑いながらも、教えてもらったばかりの番号に電話する。だが、コール十回で留守番電話に切り替わってしまった。しかたなく、精一杯丁寧なお礼を吹き込むと、すぐさまアレクシオスから返信が来る。

《すまない。今、人と車で移動中で、通話は無理だ。ほんの気持ちのつもりだったが、そんなに喜んでもらえて重畳《ちょうじょう》だ。きみのカエルラ滞在が、より華やぎと喜びに満ちたものになるように、わたしにできることがあれば、なんでも遠慮なく言ってくれ。明日会えるのを楽しみにしている》

ごろりと寝返りをうち、仰向《あおむ》けになってスマートフォンの画面を眺めた。火照った顔を手で隠して呟く。

「わっかんないな……」

文面だけ見ていると、彼が本気のようにも思えてくる。そんなはずないのだけれど。

でも、昨日までのことを思えば、アレクシオスとメールができているだけでも、玲にとっては夢のようだった。

《ありがとうございます。僕も楽しみにしています》

返信してから、もう一度テーブルのアレンジに目をやった。黄色と白の明るいブーケは、カーテン越しに差し込む陽光に輝いている。

一般に、水仙の花言葉は「うぬぼれ」だとか「自己愛」だとか、マイナスのイメージが強いけれど、ここカエルラでは少し違っている。

カエルラ人にとって、水仙は春の訪れを示す特別な花だ。マルティヌス祭では、愛する人に気持ちを告げる際に添える花でもある。だから普段でも愛の花の印象が強い。

（いやでも、マルティヌス祭は明日だから）

それこそうぬぼれた考えだと、首を振って否定する。けれども、ひんやりと透明感のある甘い香りに包まれていると、今朝のできごとが――アレクシオスの抱擁とキスがまざまざと思い出されて、たまらない気持ちになった。

無意識に唇を指でなぞり、よみがえる感触に肌をふるわせる。

アレクシオスの肌からも、同じ水仙の香りがしていた。戸惑いと情熱を浮かべていた宝玉の瞳。甘く耳をとろかす美声。スマートな外見とはうらはらに、厚みのある骨格と、力強い腕だった。日本では標準体型の玲が、まるで子供のように思えるほど……。

「……あ……」

ぴくりと反応した性器に戸惑う。

思えば、カエルラに来てから一度も処理をしていなかった。アレクシオスを捜すのに必死で、そんな気分になれなかったのだ。

あまりにも直截《ちょくさい》で生々しい反応に、うしろめたい気分になった。けれども、体に溜《た》め込んだ欲望は、一度火が点《つ》いてしまえばごまかしようがない。玲はおずおずとズボンの前をくつろげた。

「……、……っ」

両手で性器を包み込み、先端をいじりながら、ゆるゆるとしごく。目蓋にアレクシオスの姿を思い描いてしまい、玲は背をふるわせた。

精通を迎えてから今まで、自慰のときには、いつもアレクサンドルを思い浮かべていた。彼に愛された行為を思い出し、自分をなぐさめることにためらいはなかった。遠い昔、自分たちは恋人同士で、そうするのは至極当然のことだったから。

けれども、アレクシオスは違う。生きている、恋人でもない人を具体的に思い浮かべてする行為は、経験したことがないほどの欲望と快感と背徳感を伴っていた。アレクシオスに対するやましさと同時に、アレクサンドルに対するほのかな後ろ暗さもある。アレクシオスに記憶がなく、アレクサンドルの生まれ変わりだという確信が持てないからかもしれない。まるで過去の彼を裏切っているような……。

「……っ」

背筋を駆け上る快美に、はっと荒い息を吐いた。呼吸が深く、荒くなるほど、快感も大きくなる。

なんとなく——本当に、なんとなくもの足りない気がして、先端をいじっていた手を背後に回した。

そこには、まだ誰も——玲自身も触れたことのない蕾《つぼみ》が固く閉じている。

アレクサンドルとレインが、そこを使ってつながり、愛し合っていたことは知っていた。でも、今までそこで自慰をしたことはない。はしたないことをしようとしている自分に、玲自身おののきながらも、おそるおそる、ズボンの上からそこに触れた。

「ぁ……っ」

背徳感と背中合わせの快感に、思わず腰をくねらせる。こんな声が出るのも初めてだったが、その異様さが余計に快感を搔き立てた。

「あ、あ……っ！」

布越しにそこをなぐさめながら、屹立《きつりつ》を数度しごいただけで、あっけなく達してしまう。

手指を汚した白濁を見つめながら、自分が途方もなくみだらになってしまったように感じた。

(……そっか)

自分はあの人とセックスしたいのだと、明確に意識した。

アレクシオスを知る前にも、アレクサンドルを思い出し、彼がこの現代に生まれ変わっているなら逢いたい、恋人になりたいと願っていた。けれども、今、玲が抱いている感情は、そんなぼんやりとした夢想ではない。自分はアレクシオスという現実の男に抱かれたいのだと理解して、なんとも言えない気持ちになった。

——自分でも、なぜこんな気持ちになるのかわからない。

あまりにも突然で戸惑っていると、アレクシオスは言っていた。

記憶があるから、彼に惹かれる理由はわかるけれど、戸惑っているのは玲も同じかもしれない。前世のアレクサンドルとは違う、アレクシオスの人となりをまったく知らないままに、抗《あらが》いがたく惹かれていく。彼のすべてを求めてしまう。こわくないと言ったら嘘になる。

(それでも、やっぱり、あなたに会わないなんて考えられないけど)

やましい気持ちから逃れるように、そそくさと身なりを整え、オルロ市内の観光に出た。

マルティヌス祭を翌日に控えたオルロ市内は人が多く、華やかなムードに満ちていた。

十七世紀前半に建てられた大聖堂。ベランダや花壇に花のあふれる旧市街地。カエライトや金細工、腕時計などを扱う宝飾店街……。街のそこここに飾られた水仙の香りに、どうしようもなく、アレクシオスのことを思い出してしまうのには困ったけれど。

古くはローマ時代の新年を祝う祭りに連なるというマルティヌス祭は、春の訪れと農期の始まりを祝う年中行事と混同されて広まり、現在もカエルラ各地で盛大に祝われている、国の一大イベントだ。人々は春を表す白一色の衣装に身を包み、顔を隠すマスクをつけて、ソーセージやワイン、チーズやキッシュ、ラズベリーパイといった伝統料理を片手に、ダンスや音楽、演劇などを楽しんで過ごす。

同時に、マルティヌス祭は、カエルラ人にとって、愛の日でもある。恋人や伴侶のいる者たちは水仙の花を贈り合って愛を確かめ合い、意中の相手がいる者たちは水仙の花に気持ちを寄せて告白するのだ。

レインの時代、王宮での祭りは格式高く贅《ぜい》を尽くしたものだったが、今オルロ城で開催されるマルティヌス祭は、一般人や外国人観光客にも開放されたカジュアルな形式になっていた。

(でも、あの人と一緒に行くなら、それなりの格好をしなくちゃかな)

アレクシオスの、まばゆいばかりの美貌を思い浮かべて思案する。あの人の横に並ぶには、自分はあまりにも平凡だ。

この時期、オルロ市内のホテルならどこも観光客用に白い貸衣装を置いているし、格安の散策プランを出している貸衣装屋もたくさんある。元々マルティヌス祭は見にいくつもりだったたし、そのいずれかで適当な服を見繕うつもりだったけれど、果たしてアレクシオスの同伴者としてふさわしい衣装はあるだろうか。

玲の不安は的中し、夕方から夜まで探し回っても、ぴんとくる衣装にはめぐり合えなかった。

「困った……。明日の夜までに見つけられるかな」

お城の舞踏会に着ていく服がない――まるで童話のお姫様のような悩みをもてあまし、アレクシオスにメールを送った。

《明日はどのような服装でいらっしゃいますか？　何を着ていけばいいか決めかねているので、参考までに教えてくれたらうれしいです》

けれども、返事は来ないまま、玲は眠り込んでしまった。

そのメールがどんな事態を引き起こすのか、深く考えることもなく。


翌朝、ジリリリという耳慣れない音で玲は目を覚ました。

スマートフォンの音かと思って手を伸ばす。ロック画面に通知はなく、九時半という時刻が表示されているだけだった。ここ数日、ぐっすり眠れない日が続いていたので寝坊してしまったらしい。

ぼんやりとそんなことを考えていたら、再びジリリリ……と、さっきの音が部屋に響いた。

（ああ、電話の音か）

寝転がったまま手を伸ばし、枕元の電話の受話器を取り上げる。と、朝の挨拶に続き、ホテルのフロント係を名乗った男性はこう続けた。

『水嶋様にお会いになりたいという方がフロントにおいでなのですが、お会いになりますか？』

「え？　誰ですか？」

アレクシオスではないだろう。彼は昨日のメッセージに、今日の午後まで仕事だと書いていた。だが、他に玲がこのホテルに泊まっていると知っている人物も思い浮かばない。

玲の疑問に、フロント係は慇懃《いんぎん》に答えた。

『ラクス家の家令で、テレンス・カントル様とおっしゃる方でございます』

「……え？」

家令。現代カエルラ語ではほぼ死語になっている名詞と、知らない名前に一瞬戸惑う。

（ラクス家の家令……？）

つまりアレクシオスの家の執事長だと理解した瞬間、飛び起きた。

「会います！」

『でしたら、ご面会にはロビーラウンジをご利用くださいませ』

「わかりました。少し待ってくれるよう伝えてくれますか」

『かしこまりました』

電話を切り、大急ぎで身繕いをする。フォーマルな服は持ってきていないが、せめてきちんと見えるよう、襟付きのシャツにジャケットを合わせた。クレジットカードとパスポートをシークレットポーチに、スマートフォンと財布、デジタルカメラをツーリストポーチに入れて部屋から駆け出す。

ロビーに下りるエレベーターの中でメールをチェックすると、昨夜遅くに、アレクシオスからの返信があった。

《衣装については、こちらで用意させてくれ。明朝、ホテルに家の者が訪ねていくので、対応を頼む。夜は六時前に迎えをやる。あと十数時間できみに会えると思うと胸が高鳴るのを抑えきれない。どうか、わたしのためにドレスアップしてきてくれ》

「って、遅いよ！」

一人なのをいいことに、思わず声に出してしまった。物腰やわらかに見えたけれど、こういうところはずいぶん強引だ。

（どうしよう……「家の者」って、テレンスさんのことだよな）

玲としては、着ていく服のテイストやブランドでも聞かせてもらえたら程度のつもりだったのだが、思いがけないことになっている。

気持ちだけは焦るものの、これといって打つ手も時間の猶予もなく、エレベーターは一階に着いてしまった。

「水嶋様」

エレベーターから降りるなり声をかけられ、おそるおそる振り返る。

目の前に立っていたのは、品のいい白髪の男性だった。知的な細面の顔立ちに、刻まれた皺が、年相応の思慮深さをうかがわせる。「執事」と言われて想像するようなタキシードではなく、ごく普通のスーツを身につけているが、立ち姿は独特だった。きちんとしているのにまったく主張しない。彼の中に一本通った信念をそのまま表したかのような姿勢に、思わず玲も姿勢を正す。

「ラクス家の家令を拝命しております、テレンス・カントルと申します。本日は、アレクシオス様のご命令で、水嶋様をお迎えに上がりました」

遅くもなく速くもない、慇懃でありながら耳にすっと言葉が入ってくる話し方に、そういえば、レインの家の家令もこんな話し方をしていたと思い出す。

とはいえ、それはおそらく百年以上も昔のことだ。現代に、彼のような家令が残っているのは驚きだった。

「はじめまして。水嶋玲です。お待たせして申し訳ありません。ご用件は、今夜の服装についてですよね？」

玲の質問に、テレンスはうやうやしく頷いた。

「さようでございます。水嶋様のお召し物一式ご用意するよう、アレクシオス様からうけたまわってまいりました」

「そのことなんですが、すみません、そこまでしていただくわけにはいきません。アレッ……いえ、殿下のお気持ちはありがたいですが……」

断ると、彼はひとつ、瞬きをした。

「ご迷惑だったでしょうか？」

「いえ、迷惑とかじゃ……ただ、困るというだけで」

「それはどういった理由からか、おたずねしてもよろしいでしょうか」

「それこそ、理由なんてありません。ついこのあいだ知り合ったばかりの方から、あれこれしていただくわけにいかないというだけです。昨日も花をいただいたばかりなのに……僕、変なことを言っているでしょうか？」

テレンスは、「いいえ、とても常識的なお考えだと存じます」と答えた。

「ですが、アレクシオス様は、是非ともあなたに自分の贈った服を着ていただきたいとお望みです」

「……お気持ちはうれしいですが、困ります。僕としては、お店を教えていただければ充分なんですけど」

すると、テレンスは目を伏せて、憂慮する表情を見せた。

「大変申し訳ございませんが、わたくしの一存では決めかねます。もし、どうしてもということでしたら、水嶋様が直接アレクシオス様とお話しになってお決めくださいませ」

「……わかりました」

教えてもらった番号にかけてみるが、つながらない。仕事だと言っていたから、あまりコールするのも気が引けて、電話を切る。

「つながらないんですけど、どうしたらいいでしょう」

「でしたら、ここはわたくしの顔を立てて、受け取っていただけるとありがたく存じます」

最初から結果がわかっていた顔で言われ、困惑した。そのときだ。クゥと、玲の腹が空腹を主張した。

「うわっ、すみません……！」

思わず腹を抱えて真っ赤になる。ここまでなんとか体裁を保っていたのに台無しだ。

目を丸くしたテレンスが破顔した。

「これは失礼いたしました。水嶋様、まずはご朝食からいかがでしょうか？」


ロビーラウンジでの朝食を終えると、テレニスは再度、衣装の件を持ち出した。

「どうか、アレクシオス様とわたくしめのためと思って、受け取っていただきたいと思うのですが……」

朝食のあいだにやや打ち解けたぶん、改めてそう言われてしまうと断りづらい。

「……僕がみすぼらしい格好だったら、殿下にもご迷惑ですよね」

それも玲を悩ませている問題だった。アレクシオスが買い与えようとしている服が、どこの店のものかは知らないが、観光客向けの貸衣装屋に比べたら高価だろう。逆に言えば、彼の隣に並ぶには、そのレベルを求められているということだ。そして、玲には自分で支払える自信がない。

テレンスは、萌黄《もえぎ》色の瞳をやさしい笑みに細めた。

「たとえ、あなた様がTシャツにホワイトジーンズとスニーカーでおいでになっても、アレクシオス様はご歓待になるでしょう。でも、お気持ちを汲んで、衣装をお受け取りくださったら、より喜ばれると存じます」

「……わかりました。お言葉に甘えることにします」

アレクシオスのためだと言われると、玲も強情を張ってはいられない。

善は急げとばかりに、テレンスが駐車場から回してきたドイツ車に乗せられ、ブティック街へと連れていかれた。

世界的なハイエンドブランドが軒を連ねるメインストリートの外れ、テレンスが車を停《と》めた店の名に見覚えはなかったが、主張しない店構えが逆にそうする必要がないのだと示している。

あらかじめ来店の連絡がしてあったのだろう。テレンスが店の扉を開け、玲を中へとうながすと、店の奥から現れた初老の店長が、二人をまっすぐに二階の一室へと案内してくれた。広い室内にはソファとローテーブル、大きな鏡があるだけで、他の客の姿はない。女性店員が、ラズベリーパイと紅茶を運んできてくれた。目に見えて一般客とは扱いが違う。

「こちらはアレクシオス様がご愛用になっている店のひとつでございます。生産数が少ないため国外にはあまり出回りませんが、腕は確かですよ」

玲の体の隅々まで採寸した店長が席を外しているあいだに、テレンスが安心させるように教えてくれたが、玲の緊張は逆に増した。つまり、「元・王室御用達」ということだ。それも、大々的に名を知られるブランドではなく、確かな品質と仕事で信頼を勝ち取っているたぐいの。

それは、やがて店長が運び込んできた服を見て確信に変わった。ものがいいことが一目でわかる。レインは自ら店舗に出向く必要もない生活をしていたが、玲は普通の日本人だ。金銭感覚はごく庶民。なのに、いいものを見極める目だけはある。だからこそ、余計に今のこの状況がこわい。

だが、価格以上に玲を戸惑わせたのは、ずらりと並べられた服の造形だった。燕尾服《えんびふく》にタキシード、シャツや小物や靴に至るまで、どう見てもフォーマルなものばかりだ。

「すみません。マルティヌス祭のドレスコードは、『宝飾品以外すべて白であること』と、『顔を隠す仮面をつけること』だけで、そこそこカジュアルでもいいと聞いていたんですけど……」

「さようでございますね」と、ラクス家の家令は慇懃に頷いた。

「でもこれ、すっごいフォーマルですよね？」

少なくとも、現代の日本では、白タキシードは結婚式の新郎か、さもなくば芸能人でもなければ、そうそう着る機会はない。玲が数日見たかぎりでは、カエルラも似たようなものだろう。

立ち尽くしている玲の目の前で、店長が丁寧な手つきでラックから純白のシルクのシャツを取った。

「フォーマルで浮くということはございませんよ。オルロ城内でも前庭などは比較的カジュアルですが、屋内にお入りになるのであれば、皆様それなりの格好をなさっておいでです」

「……そうなんですね」

それなら、アレクシオスが服を贈りたいと言い出すのもわかる気がした。このグレードの盛装を一式用意するのは、玲には無理だ。

着ていた服を脱ぎ、背後から着せかけられたシャツに腕を通す。軽く羽織ってみるだけで、品質の高さはあきらかだった。既製品にもかかわらず、まるで最初から玲の体に合わせて誂《あつら》えたかのように動きやすい。

思わずため息がこぼれ落ちた。服も、この扱いも、あまりにも分不相応だ。

「水嶋様は、たたずまいがお美しくていらっしゃいますから、こちらの店の服がお似合いになるだろうと、主人が申しておりました」

歯の浮くようなテレンスの褒め言葉に、「いやそんなことは」と眉を寄せる。

「わたくしの個人的意見ではございますが、アレクシオス様のお眼鏡は確かかと」

店長からも言い添えられ、苦笑した。

「こちらのタキシードはいかがでしょう？　やわらかな色合いが、きっとお似合いになると思います」

差し出されるままズボンをはくと、再び背後に回った店長が、織り柄の入ったベストを着せかけてくれる。

次に彼が手に取ったのはロングタキシードのジャケットだった。上襟《カラー》は身頃と同じマットなシルクウール。だが、下襟《ラペル》だけはごく淡いシャンパンカラーをおびた艶やかなシルクで、全体の雰囲気をやわらげつつ華やかさを演出している。

同色のアスコットタイを玲の細い首元に巻き、ポケットチーフを胸に飾る。最後に白い革靴を差し出して、店長は惚れ惚れと言った。

「やはり、よくお似合いです。腰回りが細くていらっしゃるので、ウェストを少し詰めましょう」

言いながら、慣れた手つきでウェストを絞り、仮留めをしていく。ほんの少しのことで、玲の目から見ても驚くほど洗練されたラインになった。

服が一段落すると、テレンスが鞄《かばん》からビロード張りの箱を取り出した。

「お袖とお首元にはこちらを。宝飾品につきましては、色つきのものが使えますので」

うやうやしく捧げ持たれた箱の中には、タイリングとカフリンクスが入っていた。タイリングは、水仙をかたどった繊細な金細工に、アレクシオスの右目に似たロイヤルブルーの宝石が一粒輝いている。カフリンクスは同じ色合いの一粒石だ。

店長が、ほうと感嘆のため息を漏らした。

「これはまた、素晴らしいカエライトですね」

「是非とも水嶋様につけていただきたいと、アレクシオス様たってのご希望です」

差し出されたリングにタイを通し、整える。カフリンクスを留め、ようやく全身整った。

（でもこれ、やっぱり結婚式の衣装だよなぁ）

だが、「馬子にも衣装」とはよく言ったものだ。突き抜けてハイグレードな服飾品には、その言葉が含む揶揄《やゆ》をもねじ伏せる力がある。確かに、全体の淡くやわらかな白の風合いは玲の左目や髪の色に、ロイヤルブルーのカエライトは右目の色によく響いた。

「……なんだか、自分じゃないみたいです」

鏡越しに玲がはにかむと、テレンスは「お美しいですよ」と褒めてくれた。この人も大変だなと思う。

言語ひとつを取ってもわかるように、カエルラはヨーロッパでも保守的な国のひとつだ。山に閉ざされた小国というロケーションから、文化的にも経済的にも孤立していたためだ。その弱点を克服しようとタックス・ヘイヴンを選択した結果、現在もＥＵには加盟していない。同性愛についても、制度として結婚などを認めているわけではない。情報化社会の中、世界的な流れによって、若年層の意識は変わりつつあるのかもしれないが、テレンスのような年齢の男性が、若い男に貢ぐ主人の酔狂にしたがうのは、よほど忠誠心が強くなくては不可能に思えた。

「……僕が女の子だったらよかったのに」

「それは、どういった意味でございましょうか？」

玲は自嘲的にほほ笑んだ。

「シンデレラになった気分です。じゃなかったら、マイフェアレディとか……。どっちも男じゃ格好つかないですけどね」

限られた時間での夢物語という点もそっくりだ。そして玲には、彼女たちのようなハッピーエンドは用意されていない。

明日には帰国の途に就かなければならない。今夜別れれば、たぶん二度とアレクシオスに会うこともないだろう。

そう考えると、胸は引き絞られるように痛んだが、玲は首を振ってほほ笑んだ。

「ありがとうございます。おかげで、最後の一日を楽しむことができそうです」

そのためには、自分が自分でなくなる白の魔法は、とても効果的に思えた。

五時五十分ちょうど、迎えの車はすべるようにホテルのファサードへ入ってきた。昼に乗ったものとは違う、クラシカルな白のロールスロイスだ。ドアマンが開けてくれた後部座席へと乗り込むと、白いマスクで目元を隠した。

暮れなずむオルロの街は、既に白服に身を包んだ人々であふれている。その誰もが、玲と同じように、何かしらのマスクで顔を隠していた。

昼と夜の長さが同じになる春分の夜、白い服に身を包み、マスクで顔を隠した人々のあいだに、山から下りてきた春の神々がまぎれ込む。マルティヌス祭は、神々と人々が春の訪れをともに祝う祭りだ。今夜ばかりは、その人が誰かわかっても、声高に指摘してはならない。もしかしたら、それは人間に姿を変えた神様かもしれないから。

ほんの数分のドライブを終え、王城の門の前で車が停まった。今夜はこれ以上車では入れないのだ。

「よく来てくれた、レイ」

車から降りた玲を迎えてくれたのは、タキシードに身を包んだアレクシオスだった。

その神々しさに言葉を失う。挨拶も、礼を言うのも忘れて、玲はただただ目の前の彼に見惚れた。

白のロングタキシードがこれほど似合う人もほかにいないだろう。上背があり、肩幅は広く、胸板はたくましく、手足はすらりと長い。均整の取れたスタイルに惚れ惚れする。言うまでもなく、顔貌《かたち》は神の芸術だ。

彼のタキシードも身頃は玲のものと同じシルクウールだが、下襟《ラペル》やアスコットタイ、ポケットチーフには銀糸が織り込まれ、シャープな光沢で彼の美貌に磨きをかけていた。水仙をモチーフにしたタイリングはプラチナ製、中央の石は玲の右目によく似たスカイブルーだ。一目で、玲の服装と対になっているとわかる。

（こんな人とおそろいだなんて！）

畏れ多さに、思わず車に逃げ帰りたくなった。

祭りに集まった人々の耳目が、彼と自分に集中しているのがわかる。目元を仮面で覆ったところで、彼のあふれ出る高貴さと輝かしい美貌は隠しきれない。何より、この世に二つとない二色の瞳が、彼の名を知らしめてしまっている。マナーを守り、直接話しかけてくることはないが、彼がアレクシオス・ラクスであることは、カエルラ国民には一目でわかってしまうのだ。

玲は思わずうつむいた。皆きっと、彼と一緒の自分を見て、何者なのかと思っているに違いない。自分などがアレクシオスのパートナーであることが、彼にも人々にも申し訳なく感じた。

「緊張している？」とたずねられる。「いえ」と言いかけて、口をつぐんだ。彼に嘘はつきたくない。

「……少し。でも、殿下に会えるのを、とても楽しみにして来ました」

今夜はマルティヌス祭。神々と人の境が曖昧になる夜。この太陽神のごとき美丈夫とともに過ごすなら、今夜以上のときはない。

ふと思う。

(レインなら、こんなときどうしただろう?)

レインもアレクサンドルと釣り合うほどの美貌ではなかったが、彼は玲のように萎縮してはいなかった。それは、王族という出自がもたらした自信のためだったかもしれないし、彼を取り巻く人々の愛情のなせるわざだったかもしれない。だが、彼も玲の一部だ。もしも自分がレインなら、アレクサンドルの隣で、どんなふうにこの魔法の一夜を過ごしただろう?

想像し、背筋を伸ばす。まずは祭りの作法に則《のっと》って、「アレックス」と、愛称で呼びかけた。

アレクシオスが仮面の奥で目を瞠る。そのきらめく宝玉を見上げてほほ笑んだ。

「今夜はお招きありがとうございます。こんな豪華な服まで用意していただいて、何とお礼を言っていいか……」

「礼には及ばない。きみはきみであるだけで素晴らしい。ただ、わたしが、きみのために何かをしたかったというだけだ」

とろけるような声音でそう言うと、彼は玲の右手を取り、中指にはめた祖母の指輪の横に口づけた。

「よく似合っているよ、運命の人《アモル・ファタリス》。まるでナルキッソスのようだ。この見事なカエライトでさえも、きみの瞳の前にはかすんでしまう」

水に映った自分に恋して死んだ、ギリシャ神話一の美少年にたとえられ、玲は目を丸くした。お世辞にしても言いすぎだ。声を立てて笑ってしまう。

「ありがとう。でも、僕はうぬぼれやじゃありません。僕を夢中にさせることができる人は、この世にたった一人だけです」

「その幸運な人の名をきいても？」

「マルティヌス祭では、名前は無意味だと聞きましたが……」

あなたです、と告げる代わりに、アレクシオスの手を取って口づけを返した。すぐさま手を握り返される。

こちらを見つめる彼の瞳が、炎のように力強くきらめいていた。気持ちが伝わったのだと理解して、玲は笑みを深くする。

彼とこうしていられる時間は今夜だけだ。気持ちを隠すつもりはなかった。

見つめ合ったまま、握っている玲の手を引いて、彼は自分の腕にかけさせた。背に手を添えて、「行こうか」とうながされる。

「あと三十分ほどで、大広間で室内楽が始まる。今年はウィーンから奏者を招いたんだ」

「大広間？　あそこは立ち入り禁止では……？」

「この祭りの期間だけ、中に入れるようになっている」

「そうなんですね。是非行ってみたいです」

「ああ、行こう」

彼のエスコートで城門をくぐり、宵闇迫る城の前庭を歩いた。

広大な前庭では、ぐるりと噴水を取り囲むように篝火が焚かれ、水仙の花やグリューワイン、ソーセージ、チーズなどを売る屋台が並んでいる。二人は少しだけ寄り道し、記念マグに入ったグリューワインを二つと、小ぶりなブーケをひとつ買った。コントラストの少ない、ごく淡い卵色の水仙を束ねた、清楚《せいそ》なブーケだ。

「きみに」と差し出され、思わず彼の顔を見上げた。マルティヌス祭における水仙は、春の花であると同時に愛の花だ。これもそう思っていいのだろうか？

玲の疑問に答えるように、アレクシオスは真剣な顔で囁いた。

「どうか受け取ってほしい。この花も、わたしの気持ちも。……なぜときかれても答えられないが、それを問うことが意味をなさないほど、きみに強く惹かれている」

玲は「ええ」と頷いた。歓喜のあまり、それ以上声にならない。ふるえる手でブーケを受け取り、頷いた。

「ええ、もちろん、僕もです」

アレクシオスはまぶしいものでも見るように、ブーケを握り締める玲を見つめている。

（ええと……これ、どうするんだったっけ？）

何かで読んだ記憶を探り、受け取ったブーケから花を一輪抜き取った。意図に気付いて、腰を低くしてくれたアレクシオスのフラワーホールに差し入れる。自然と距離が縮まって、仮面越しに見つめ合った。

（……綺麗だ）

真昼のカエルラ湖に似たロイヤルブルーの瞳はもちろん、夜空を映す瞳もまた、篝火に映えてひときわ美しい。慕わしさが胸にあふれ、玲はふわりとほほ笑んだ。

「ありがとう」

腰を起こした彼は、さりげない手つきでジャケットの襟を返し、裏にあった細いループで水仙の茎を留めた。

「そんなところにループがあるんですね」

驚いて、自分のジャケットの襟も返してみる。確かに、そこには細い糸のようなループが縫い付けてあって、胸に差した花が倒れないようにしてあった。

「きみにも」

玲の手の中のブーケから、今度はアレクシオスが一輪抜き取る。使い方を教えるように、フラワーホールの表から水仙を差し入れ、裏側のループで留めてくれた。

仕上げというように玲の頬を撫で、

「きみには水仙がよく似合う」

それだけで胸がいっぱいになってしまい、玲は微笑のまま、眉を寄せた。

「ありがとうございます」

うつむくと、胸元から立ちのぼる、みずみずしく甘い香りが、鼻腔《びこう》をくすぐる。ああ、と思った。

「これ、あなたの香りだ」

「香り？　……ああ、香水のことだろうか」

「たぶん……。アレックスに近づくと、いつも甘い水仙の香りがしているから」

その香りを思い出そうとし、ついでに彼に抱き締められたときのことまで思い出してしまって、玲はじわりと赤くなった。

アレクシオスが納得したように頷く。

「〝プロセルピナ〟。元カエルラ王室御用達の工房《メゾン》で作られている、伝統的なフレグランスだ」

「ああ、だから……」

きっと、レインやアレクサンドルの時代にも、既に同じ香水があったのだ。だから、彼からアレクサンドルと同じ匂いがする。

大切なものを抱き締めるように、「プロセルピナ」と繰り返した。

「気に入ったなら、あとで贈ろう。きみを、わたしと同じ匂いにしたい」

耳元で囁かれ、ぞくりと背筋をふるわせる。反応してしまいそうになる下肢から意識を遠ざけ、

「うれしいです」と頷いた。

「でも、それよりも、あなたの好きなものを教えてください」

彼の愛したもの、好きなもの、この魔法の一夜にあったこと……残さず覚えていようと思う。

これからの人生を、自分がどんなふうに歩むのか、玲にはまだわからない。けれど、たとえ二度とアレクシオスに会えなくても、一生一人きりであっても、この一夜の思い出を胸に抱いて生きていけるように。

（どこにいても、あなたを思い出せるように……）

玲の提案に、アレクシオスはおかしそうに笑った。

「いいだろう。たとえば？」

「たとえば……、ワインは白より赤がお好きですか？」

彼が手にしたグリューワインを見ながら言う。

彼は目を細めて、「場合によりけりだな」と答えた。

「グリューワインなら赤だ。ワインを主に楽しむときも赤。食事に合わせるなら、どちらかというと白のほうが多い」

「きっとお詳しいんでしょうね」

「つきあいで飲むのに困らない程度だ。どちらかというと、日常的な飲みものという感覚が強いな」

つまり、相当詳しいのだろうなと思う。この人の言う「つきあい」は、それこそ国を越えた異次元のハイソサエティたちが相手だ。

案の定、「日常的に飲んでいる銘柄を教えてください」という質問には、玲でも知っているような錚々《そうそう》たるシャトーの名が並んだ。日本に帰ってから、彼を思い出しながら飲みたいけれど、たぶん特別な日にしか開けられないだろう。

アレクシオスはグリューワインを飲みながら続けた。

「グリューワインはシンプルなのがいい。安ワインでかまわないが、ワインは赤。スパイスはシナモンとクローブだけ。フルーツはオレンジとレモンとリンゴだ」

「それなら僕でも作れそうです」

玲がにっこりすると、彼もまた目を細めた。

「今度はきみの番だ。きみは、アルコールはあまり強くない。そうだろう？」

指摘に、玲は軽く笑った。

「どうでしょう。よくわかりません。実は、これが初めてなんです。日本ではまだアルコールを飲めない年齢なので」

「それは、大丈夫なのか？　もうそのへんにしておきたまえ」

アレクシオスが、慌てて玲の手からマグを取り上げようとする。その手からするりと逃れ、玲は噴水のふちに飛び乗った。

「レイ！」

アレクシオスが、強い口調で名を呼んだ。周りの人々が振り返るが、周囲の視線などおかまいなしだ。

　彼がこんなに焦っているのを見るは初めてで、玲はなんだか楽しくなってきた。アレクシオスが心配するとおり、アルコールのせいもあるのだと思う。だが、それでいい。

　今夜はマルティヌス祭。誰もが名もない一個人になることが許される夜。すべてが開放的だった。

「大丈夫。この国では十八歳は大人なんでしょう？　それなら、僕ももう大人です。飲酒も、喫煙だってできる」

「だからと言って、きみに危険なことはさせられない。下りなさい。何かあったらどうするんだ」

「あなたが見ていてくれたら大丈夫です」

「やめてくれ。万一怪我《けが》でもしたら……」

そこで言葉を止めたアレクシオスが、思い出したように「そうだ」と言った。

「一人旅だと言っていたな。ご家族は日本なのか？」

いやな質問がきてしまったなと思う。だが、先に彼に質問をしたのは玲だ。十八歳で、留学でもなく、遠い海外で一人旅となると、やはり普通は気になるだろう。玲にはその「普通」がわからないけれど。

「そうですね。たぶん」

「たぶん……？」

「父も母も生きてはいるはずなんですが、もうずっと会っていません。母は僕が幼いときに家を出ていったきりですし、父とも、祖母が亡くなったときからもう四年音信不通です。父には新しい奥さんと子供もいるんですが、一度も会ったことはありません。だから、彼らが今どこでどんな暮らしをしているのか、詳しいことは知らないんです。父は家業を継いで宝石商をしているはずなので、調べればわかるかもしれませんが、調べようと思ったこともありません。どちらも、僕にはいないも同然の人たちです」

なるべく淡々と話したつもりだったが、アレクシオスは絶句し、その場に立ち尽くした。そういう反応を見せられると、玲も自分の境遇は特殊なのだと改めて思わざるを得ない。

「本当に僕でいいんですか？　身寄りのない僕はかわいそうでしょう？　同情を買って、あなたの財産をねらっているのかもしれませんよ」

わざとそんなふうに言ってみる。彼が否定してくれるのをわかっていて。

アレクシオスは、仮面の下で苦しげに眉をひそめた。

「そんなふうに言うものではない。きみはそんな人間ではない。その質問は、わたしを侮辱している」

「うん……そうですね。ごめんなさい。ありがとうございます」

玲は素直に謝った。迷いなく潔い彼の言葉がうれしく、慕わしさがつのる。

「海外旅行に来られるくらいですからわかると思いますが、お金に困っているわけではないんです。アルバイトもしていますし、祖母が大学を出るまでのお金と家を遺してくれたので」

「……そうか」

「この指輪をくれたのも、カエルラについての最初の知識や興味を与えてくれたのも、すべて祖母でした。四年前に亡くなりましたが、それからは、カエルラに来たい、あなたに逢いたいという願いが、僕の生きる希望でした」

右手にはめた指輪を篝火にかざす。ロイヤルブルーのカエライトは、アレクシオスの瞳同様、宵闇に沈んでいる。パチパチと爆《は》ぜる篝火の火の粉が、時折、その中を過《よぎ》った。

「きみはなぜ、そんなにわたしを慕ってくれるのだろう」

心底不思議そうに、アレクシオスは呟いた。

「あなたみたいに素敵な人、好きにならずにいられますか？」

「だが、きみは、わたしに会いにきたんだろう？」

「ええ」と玲は頷いた。

「運命の人《アモル・ファタリス》。僕はずっとあなたに逢いたかった」

——その思いが前世にまでさかのぼるとは、あなたは思わないだろうけれど。

玲の言葉に、彼はやや自嘲的な笑みを浮かべた。

「わたしは、きみの夢見たとおりの男だっただろうか？　十歳も年下の少年に一目惚れして、入れあげるような男だ」

（……ああ、そうか）

彼も苦しんだに違いない。玲との出会いは、彼にとっても、たぶん衝撃だったのだ。

（それでも、あなたは僕を拒絶しないでくれた）

それが運命のいたずらだとしても、戸惑いながらも、玲を受け入れようとしてくれている。

「やさしいんですね」と、玲はほほ笑んだ。

「あなたは、僕が想像していたよりも、ずっと素晴らしくて、やさしい人です。ただの異邦人にすぎない僕に、こんなによくしてくださる」

「運命の人《アモル・ファタリス》」

アレクシオスもまた玲をそう呼んだ。両手を広げ、玲を噴水のふちから軽々と抱え下ろす。

両手で玲の右手を包み込み、誓うように、請うように口づけた。

「ならば、今夜からわたしがきみの家族になろう。どうか、きみを愛し、守る権利をわたしにくれ」

「……ありがとうございます」

ほほ笑んだ拍子に一粒、涙が目尻からこぼれ落ちる。

女性しか愛せない人だと思っていた。実際、今まではそうだったのかもしれない。けれども今、彼が嘘を言っているとは思えなかった。

しあわせすぎてこわいくらいだ。この手を包む力強いぬくもり。心からのいたわりと、やさしい言葉。それをずっと覚えておこうと思う。

（そうすれば、きっと、これからも生きていける）

マルティヌスの夜の白い魔法がとけてしまっても。

一筋、冷たく濡れた頬をぬぐって、玲はアレクシオスの手を引っ張った。

「寒くなってきましたし、そろそろ中に入りませんか。大広間のコンサート、楽しみにしているんです」

大広間でのコンサートをきいたあとも、アレクシオスとたくさん話した。

「あなたの好きなものは、水仙の香りと、赤のグリューワイン、溶けたフレッシュチーズをたっぷりかけたカエルラ風ラクレット。音楽はクラシックが好きで、ヴァイオリンとピアノが弾ける」

中庭の中央で焚かれている、大きな篝火を見ながら、玲は指折り数えるように言う。

そんな玲に、アレクシオスはおかしそうに笑いをこらえている。

「きみは、クラシックは好かないようだ」

指摘に、うっと視線をそらした。大広間のあたたかさと、初めて飲んだワインのせいで、コンサートの途中でうつらうつらしてしまったのだが、しっかり気付かれていたらしい。

「すみません。せっかく誘ってくださったのに」

玲が謝ると、彼はふっとやわらかく笑った。

「気にすることはない。それだけ心地いい演奏だったということだろう」

彼のやさしさにうれしくなり、玲は質問を重ねた。

「スポーツは？　カエルラって何が盛んなんでしたっけ？　サッカーとか見ますか？」

「サッカーは仕事で見たことがあるだけだな。このとおり、山と森と湖ばかりだから、広い場所を使うスポーツはあまり盛んではないんだ。仕事でよくゴルフに誘われるが、そもそも練習する場所がないから、そのために隣国まで行かなくてはいけない」

「あなたでも苦手なことはあるんですね」

「それはもちろん」と彼は笑った。

「水泳、ヨット、トウガラシの多い食べもの……」

言いながら、玲を見つめて声音を変え、「それから、きみに泣かれること」と囁く。

「……！」

とっさに反応できなくて、玲は真っ赤になってしまった。

「もう、そういうのはいいんです！」

玲の百面相に声を立てて笑い、アレクシオスは続けた。

「スキーやスノーボード、スケートなどのウィンタースポーツは盛んだな。この時期も、少し山側に行けば、いくらでも滑れる」

「そっか、ウィンタースポーツ……あなたもスキーとかするんですか？」

「ああ。山に別荘があって、毎年、冬のホリデイはそこで滑るんだ」

「素敵ですね」

「興味があるなら一緒に行こう」

彼の誘いに、少し逡巡して、玲は「そうですね、いつか」と頷いた。それが現実になるならば、どれほどしあわせだろう。でも、そんな未来は来ない。

玲は明朝、日本へ発《た》つ。国へ戻っても、玲は彼のことを忘れない。けれども、彼はどうだろう。

(あなたの気持ちを疑ってるわけじゃないけれど……)

十歳も年下の子供相手に、嘘や冗談を言う人ではないだろう。ただ、目の前から玲がいなくなれば、彼は正気に戻るのではないかと思うだけだ。

元々異性愛者で、過去には結婚もしていた人。同性相手に恋愛ができるのだとしても、わざわざ遠い日本に住む、平凡な大学生を相手に選ぶ理由はない。玲より彼に釣り合う人なんて、彼の周りには数えきれないほどいるはずだ。

でも今、彼と見つめ合いながら強く願う。

(僕も、少しでもあなたにふさわしい人になりたい)

それは、十八年、空っぽに生きてきた玲の新たな希望だった。

今までの自分は、本当に、ただただカエルラに来たい、彼に逢いたいという気持ちに生かされてきた。ここに来れば何かが起こると感じていた。彼に逢えば、アレクサンドルとレインのように愛し合えるような気がしていたし、実際、そうなったと言えるだろう。

だが、玲が出会ったのは、今を生きるアレクシオスだ。彼には過去の記憶がない。同じようでいて同じではない。それでも彼が愛おしいと思う。だからこそ自分は、自分の力で生きていかなくてはならない。彼が心配しなくてもいいように。

十八歳。まだ空っぽな器に、自分はこれから何を詰め込めるだろう？　自分が思う、彼にふさわしい人になるために、これからの大学生活で、その先の長い人生で、何をしたらいいだろう——。

「……レイ、」

玲の表情に何を思ったのか、アレクシオスが何かを言いかけたときだった。

「レイ！　やあ、やっと見つけた！　楽しんでる？」

唐突に明るい声が割り込んで、玲はハッと振り返った。

「え？　あ、コニー？」

猫耳の付いた仮面で顔を隠してはいるけれど、確かに、サンルームで出会った彼だ。アレクシオスを待ち続けていた玲に、湖岸の四阿へ行くように教え、「きみにいいことがありますように」と囁いてくれた彼。

「よかった！　きみにお礼が言いたかったんだ」

喜ぶ玲に、コニーは朗らかに笑った。

「無事に、叔父様に会えたみたいだね」

「叔父さん？」

「そう。アレクシオス・ラクス。レイが捜していたのは、オレの父親の弟だ。ちなみに、オレの本名はコンスタンス・ラクス」

驚きの発言に、玲は二人を見比べた。慌てて、アレクシオスについて調べた記憶をひっくりかえす。

（彼のお兄さんって、数年前、飛行機の事故で亡くなったっていう……）

アレクシオスの腹違いの兄は、彼より十四歳年上だった。ゴシップ誌の記事によると生前の兄弟仲はあまりよくなかったはずだ。彼の兄はラクス家の財産や特権を守りたい人で、アレクシオスは、それらをさらに国や国民に分配していくべきだと考えている人だから。

ラクス家前当主の事故死には不審な点があるという、悪意のある記事も見かけた。お世辞にも上品とは言いがたい旧王権派のゴシップ誌は、アレクシオスの兄の操縦する飛行機が整備不良で墜落したのは、実はアレクシオスの陰謀ではないかと邪推する記事を掲載していた。全カエルラ国民から愛されているように見えるアレクシオスにも、彼をよく思わない勢力はいるらしい。

だが、今、玲の目の前にいるコンスタンスは、そんな確執など感じさせない、屈託のない笑顔を向けていた。

「アレックス、ちょっと彼借りるよ！」

有無を言わせぬ強引さでそう告げると、コンスタンスは玲の手を取ってダンスの輪のほうへ駆け出した。

中庭の中央で焚かれている、ひときわ大きな篝火の周りでは、人々が輪になって踊っている。

マルティヌス祭で踊られるダンスはさまざまあるが、今演奏されているのは、軽快なリズムのミクサーだった。古い民俗舞踊だから、ステップはレインの記憶にもある。男女はもちろん、男同士、女同士、ペアのパートナーを次々と変えながら、くるくると踊る輪の中に二人も混ざった。

「ねえ、アレックスに、好きだって言われた？」

手を打ち合わせたとき、いきなりそんなことをきかれて、ステップを踏み外す。それを見たコンスタンスは、ハハハと声を上げて笑った。

「レイ、真っ赤だ」

「うるさいな！」

「よかったね」

そう言った彼と距離が開く。右隣の女性と一パートを踊り、再び元の位置でコンスタンスと組んだ。

「レイ、ダンスがとても上手だ。日本人だろ？　カエルラの民俗舞踊なんて、どこで習ったの？」

「……昔、ちょっと」

前世で、とは言えずにごまかす。

「ふぅん」と目を瞬かせ、コンスタンスは「不思議な人だな」と呟いた。

「レイ。きみはとてもミステリアスだ。その目のせいもあると思うけど」

「そうかな？」

「そうだよ。アレックスも、そういうところに惹かれたのかな？」

「……どうかな」

そこで再びパートナーが変わる。左隣の男性と踊り、元の位置に戻ると、コンスタンスは再び会話を続けた。

「きみたちが会えて、本当によかった」

「ありがとう。コニーのおかげだよ」

「どういたしまして。きみこそ、アレックスを捜してくれてありがとう」

思いがけない言葉に、玲は目を丸くした。

「どういう意味？」

「アレックスも、ずっときみを捜してた。忙しくて、なかなか自分では捜しにいけなかったみたいだけど」

「……彼はそんなに……？」

猫の仮面の奥で、コンスタンスはエメラルドブルーの瞳を細めた。本物の猫のように。

「あの人、ずっとさみしかったんだ。だから、しあわせにしてあげて」

「え？」と、玲がきき返したときだ。

「レイ」

ふいに、背後から手が伸びてきて、コンスタンスとつなごうとした手を奪った。くるりとターンさせられて、水仙の香りのする胸に抱き留められる。

「返してもらうぞ」

「うん、充分だ。ありがとう」

コンスタンスと短いやりとりをして、アレクシオスは玲を輪から連れ出した。夜が更けるにつれ、火を求めて集まってくる人々の流れに逆らって、城のほうへと足を向ける。

「……心の狭い男ですまない」

自己嫌悪のように呟く彼に、玲は笑った。

「あなたが望むようにしてください。そうしてくれたら、僕もうれしい」

肩を抱く彼の手に、力が込もった。


「ここから上は、特別な賓客しか入れない」

そう言う彼に手を引かれて、赤い絨毯《じゅうたん》の敷かれた階段を上った。普段は立ち入り禁止になっているオルロ城の二階は、旧カエルム邸とともに、特別なときの迎賓館としても用いられている。

「あの、いいんでしょうか、僕……」

戸惑う玲に、アレクシオスは「問題ない」と目を細めた。

「きみはわたしの大切な客人だ」

通された部屋は、広々として、見上げるほど天井が高かった。元はレインとして暮らした王宮だが、二階部分は大幅に改装したらしく、見覚えはない。

金糸の縁取りが施されたプルシャンブルーのカーテンに、ミッドナイトブルーの絨毯。広々とした壁を飾るタペストリーやソファセットのファブリック、果てはシャンデリアの飾り石まで、青と緑を基調とした色合いで、まるで湖の底に沈んでしまったかのようだ。

「こちらにおいで」

窓のカーテンを引いて、アレクシオスが呼ぶ。掃き出し窓を開けた向こうは、小さなテラスになっていた。

「あ……、すごい」

思わず感嘆がこぼれ落ちる。テラスに下り、手すりから身を乗り出した。

湖に大小の灯《あか》りが浮いている。大きなものは、舟の上で焚かれる篝火、小さなものは、水面に浮かぶランタンだ。無数の灯りが水面にゆらめき、息を呑む美しさだった。

「春の神を歓迎する灯りだ。今夜、向こうの山々から、春の神が下りてくる」

言いながら、アレクシオスが玲の肩に白いブランケットをかけてくれる。

「ありがとうございます。あなたも」

端を持ち上げ、彼と一緒にくるまった。とても肌触りがよく、あたたかい。差し出された銀のゴブレットの中身は、グリューワインだった。

「あなたの好きな赤だ」

ほほ笑む玲に、アレクシオスも目を細める。

夜目にも明るい黄金の髪。秀でた額に、二つの宝玉。神が手ずから刻んだ美貌は、仮面くらいでは隠しきれず、星明かりにも輝くようだ。

その視線も、声も、ぬくもりも、何もかもが慕わしく、胸がいっぱいになってしまって、玲はじわりと涙ぐんだ。

「なぜ泣く？」

「あなたが、好きすぎて……」

目を伏せ、すみません、と謝った。はらりとまた涙が落ちる。慌ててそれを指先でぬぐった。

「泣かれるのは苦手だとおっしゃっていたのに、ごめんなさい」

「……そういう理由なら、かまわない」

愛おしげに囁いて、アレクシオスは玲の目尻に唇を寄せた。

「わたしの元にも、やっと春《プロセルピナ》が訪れた」

それこそ春風のような、吐息のような、甘い声だった。

（プロセルピナ……）

美しい春の女神の名だ。自分などにはもったいない。でも、そう呼んでくれる彼の気持ちはうれしい。玲は微笑のまま彼を見上げた。

「僕の元には、太陽神《アポロ》がいらっしゃいました」

アレクシオスはわずかに目を瞠り、ふっと笑った。

「わたしが、太陽のようにきみを照らし、温めることができるなら、それはとてもうれしいことだ」

唇が、そっと重なった。そうするのが何よりも自然なことのように。どちらともなく、唇からワインが香る。

「運命の人《アモル・ファタリス》……わたしの春《プロセルピナ》。きみをベッドに誘ってもいいだろうか」

手の甲にキスを贈られ、玲は「喜んで」とほほ笑んだ。

散り初めの花を摘むようなやさしさで、ベッドへと下ろされた。そっと仮面を外される。玲も手を伸ばして、アレクシオスの後頭部で結ばれていたリボンをほどいた。重力にしたがって、するりと仮面が剝がれ落ちる。

（……綺麗だ）

この美しく、たくましい男《ひと》に、自分は今から抱かれるのだ。

そう思った瞬間、喜びと羞恥が同時に肌を撫で上げて、玲は小さく身震いした。なだめるように、頬を撫でられる。

「緊張している……？」

いいえ、と答えかけ、ためらって、頷いた。

「……初めてなので」

アレクサンドルに愛された記憶はある。情熱と若さに身を任せ、人目を盗んで、彼のかたちを覚えるまで受け入れた。だから、どうすればいいのかは知っている。けれども玲自身に関して言えば、心も体もまっさらなのだ。

（記憶はあっても同じじゃない）

そんな簡単なことに今更気付く。

自分は鞘《さや》だ。アレクサンドルの魂を元に鍛え直された、アレクシオスという新しい剣を受け入れるために用意された、新しい鞘。アレクシオス・ラクスのための水嶋玲。

（あなたのためだけの、僕だ）

その自覚に胸を打たれ、玲はまた涙ぐんだ。

（……あなたに喜んでもらえるか、わからないけど……）

できれば女に生まれたほうが、異性愛者のアレクシオスにとってはよかったのではないかと思うけれど。男の玲でも彼が欲しいと思ってくれるなら、求められるだけ差し出したい。あなたの好きなやり方で、あなたが気持ちよくなれるように。少しでも多く、あなたに愛してもらえるように……。

(明日の朝まで、全部)

彼のぬくもりを抱いて帰れるなんて、なんてしあわせなのだろう。

朝露に花が咲《え》むようにほほ笑んで、玲はアレクシオスに両手を伸ばした。

「教えてください。あなたが、全部……」

アレクシオスは、一瞬、何かをこらえるような表情で低く唸った。

「レイ。欲望に耐えている男に、そんなことを言うものではない」

「はい。他の人には言いません」

玲は素直に頷いた。

「でも、あなたならいいんです。本当に」

「そうか」と、まだ苦しげに彼は言った。

「ならば、わたしはきみの愛と期待に、すべてをもって応えよう」

誓いのしるしにキスが降る。額に、頬に、唇に……。

「……っん、……、……ぁ…………、……っ」

アレクシオスのキスは巧みだ。今まで三度キスをして、たちまちとろかされてしまう自分を知っている。やさしくて、少し強引で、気持ちいい。彼の唾液に媚薬《びやく》でも含まれているかのように、彼の舌に応えていると、頭がぼうっとしてきてしまう。

「……レイ」

うながされ、キスをしながら、ジャケットから腕を抜いた。いつタイを外されたのかは、わからなかった。ベスト、シャツ、それからズボンと下着……気付いたら、全裸にされている。残された右手の指輪を、玲は自分からはずした。

「……あの、」

強い視線を下肢に感じ、思わずシーツをたぐり寄せる。

「あんまり、見ないほうが……」

「なぜ？　きみは生まれたばかりの春の精のように、伸びやかで美しい」

「そんなわけありません」

おおげさすぎる賛辞に、両耳がかゆくなる。玲は真っ赤になりながら、奪われそうになったシーツを必死で握った。

「あの、ご存じだとは思いますけど、僕、男ですから……」

これからすることを考えると、おかしなことを言っていると思う。それでも、異性愛者の彼に、玲が男であることをあまり意識させたくなかった。

（せめて一度だけでいい、あなたに抱いてもらうまで……）

そう願う自分のあさましさ、はしたなさに、耳の先まで赤くなる。耐えきれず、顔をそむけた。とても彼の顔を見ていられない。

玲の意図は伝わったらしく、「レイ」となだめるように名を呼ばれた。

「それではきくが、きみは本来的に同性愛者なのか？」

「……どうでしょう。考えたこともありませんでしたけど、そうなるのかな……？」

アレックス――アレクサンドルとアレクシオスにしか心が動かない自分は、「同性愛者」と言えるのだろうか？

曖昧に頷くと、「こちらをごらん」と言いつけられた。やさしいが否とは言わせない、人に命令し慣れた人の口調だ。玲はそれにしたがった。

アレクシオスは一度ベッドから下りると、荒々しくも優雅な手つきでジャケットのボタンを外し、タイをほどいた。見る間に、たくましい裸体があらわになる。

本当にギリシャ彫刻のアポロンのような、見事な体だった。広い肩と厚い胸板、そこから腰にかけてのライン。張り詰めた白い肌の真下に、美しい筋肉がある。玲は、ただただ黙って彼に見惚れた。

ズボンを下ろす前から、中心の隆起は明らかだった。だが、窮屈な下着から躍り出してきたそれは、さまざまな意味で衝撃だった。

整えられた黄金の茂みから勃《た》ち上がる幹は、太く、長く、力強く張り出した亀頭の先端には既に露が滲んでいる。白色人種特有の透けるほど薄い皮膚の下には、太い脈がありありと息づいていた。

「……ああ……」

思わず、喉をあえがせた。目を離せない自分をはしたないと思う気持ちと、貧相な自分の体を彼の目にさらすいたたまれなさ。やり場のない羞恥に押し潰されそうだ。圧倒的な造形美を前にして、自分が差し出そうとしていた体《もの》がいかにみすぼらしいか、わかってしまった。

シーツを抱えてうつむく玲に、アレクシオスは穏やかに命じた。

「顔を上げて」

「……」

そう言われると、したがわずにはいられない。

顔を彼に向けると、否応なしに彼の雄《オス》が目に入る。視線をさまよわせる玲の前で、彼は数度、それをしごいた。ぬちぬちと卑猥《ひわい》な音を立て、剛直はみるみる反り返った。鈴口を震《ふる》わせて、先走りを垂らしている。

「これでも、わたしがきみに不満を持っているなどと、ひどい疑いをかけるのか？」

やさしいような、愚かさを笑われているような声音に、「ごめんなさい」と口走った。彼がこれほど自分を欲してくれているのだと、ようやく、まぎれもない事実として理解した。

「きみが欲しくて、おかしくなりそうだ……」

玲からシーツを奪い取り、せつない声でアレクシオスが言う。玲は「どうぞ」と、再び両手を差し出した。

アレクシオスは眉を寄せ、困ったように笑った。

「きみは、どうしてそこまで献身的になれるんだ？」

言いながら、ベッドに上がり、玲の体を抱き寄せる。向かい合い、彼の腿《もも》の上に座らされると、当然性器同士が触れ合った。羞恥に顔も体も火照ったが、なんとか声を押し出した。

「僕は、元々あなたのものなんです。あなたに逢うためだけに、ここまで来た……」

「わたしに抱かれるためだけに、日本から？」

「それだけではありませんけど……」

言い方を間違えただろうか。はしたないと思われていたらどうしよう。

不安になり、彼の瞳を覗き込んだ。ロイヤルブルーとミッドナイトブルー、二つの宝玉が見つめ返す。

「……きみは不思議だ」と、アレクシオスは呟くように言った。

「初めて会うのに、こんなにもわたしの心をとらえて、おかしくさせる」

玲はそっとほほ笑んだ。

「……本当は、ずっと前に会ったことがあるんだって言ったら、どうしますか？」

「きみに会った？　いつのことだ？」

「あなたが忘れてしまうくらい、ずっとずっと昔……」

「すまない、記憶にない。よかったら聞かせてくれないか」

「いいんです」

覚えていなくてもいいのだ。玲はアレクシオスとめぐり会い、こうして抱き合う機会を得た。

(充分だ)

彼の額に口づけた。長身の彼を上から見下ろすのは新鮮だった。

「僕はあなたに逢いにきた。ずっとあなたとこうしたかった……。だからもう、待たせないでください」

抱き合って、キスをする。指をからめて片手をつなぎ、もう片手で、アレクシオスはそろそろと玲の体をさぐった。

「……ぎゅってしてもいいですか？」

「ああ。おいで」

ぎゅうっと体を密着させる。ぐちゅりと、二人の腹のあいだで押し潰された性器が、卑猥な水音を立てた。爆発しそうに速い玲の鼓動と、力強い彼の鼓動。皮膚を隔てた二つの心臓が、ゆっくりとなじんでいく。

「……アレクシオス……」

「ああ、レイ……」

抱き合って、キスをして、鼓動を合わせる。たったそれだけで、泣きたいほどの幸福感に満たされる。

キスをしながら、つないでいた指をほどき、アレクシオスはサイドボードの引き出しから小さなガラスのポットを取り出した。蓋を開けると、ふわりと水仙の香りがただよう。中には半透明の軟膏《なんこう》が入っていた。

「それは？」

「中にうるおいを与えるためのものだ。わたしの家で代々、花嫁たちを苦しませないよう使われてきた……」

使ってもいいだろうかと、きかれている気がする。玲は小さく頷いた。

「ありがとうございます」

男同士、それも初めてだ。不慣れでは、彼も自分も、気持ちよくはなれないかもしれない。痛いだけで終わるより、楽につながれるならそのほうがいい。

再び片方の手をつなぎ、ゆったりとキスを重ねながら、アレクシオスは慎重に玲の後ろを慣らしていった。

「……っ、ふ、ぅ……っ、あ……」

軟膏をまとわせた指でふちをたどり、少しずつ、花弁にうるおいを塗り込められる。やわらかく、やさしく、甘いキスに、羞恥心や恐怖心は救われるけれど、表情は隠せない。

「……ンッ……！」

ようやく指一本を収めても、玲が少しでも眉をひそめようものなら、アレクシオスはすぐにそれを抜いてしまった。

「……ぁ、……だいじょうぶ、痛くないです」

そう言って、玲は言外に行為をうながした。

痛くはない。だが、軟膏の成分なのか、塗られたところがソワソワする。何かが、皮膚一枚隔てた奥でざわめいている気がするのだ。

（……これ……なんか……）

落ち着かない。予感があった。何かが内側から肌を食い破り、暴れ出してきそうな予感。それは軟膏の塗られたところを這《は》いずりまわり、玲をたまらない気持ちにさせる。ほんの一瞬収まるのは、アレクシオスの指で撫でられているところだけだ。

（これ……）

早く彼とつながりたい焦燥が、体の欲求に押し上げられるように高まり、玲はせつなく眉を寄せた。

ゆるゆると、むずかるように首を振り、キスをほどく。

「レイ」

離れた唇から、アレクシオスが不満そうな声を出した。玲は「ごめんなさい」とキスを贈って、彼の肩に額を付けた。顔を見ては言えなかった。

「でも、もう、大丈夫ですから……、もう……、…………」

早く中へ来て、の一言が、どうしても声にならない。

だが、アレクシオスは、玲の言いたいことを汲み取れないほど未熟ではなかった。

「レイ」

空いていた玲の片手を取り、あの軟膏を塗りつける。どうするのかと思っていたら、二人のあいだで押し潰されていた性器を握らされた。血の色を透かして赤黒く見えるアレクシオスの剛直と、熟れたばかりの果物のような自分のそれが、動かす手の中でこすれ合う。

「あ、これ……っ、……っ、ふ、…………ンン……ッ」

「ああ、これは……」

アレクシオスも、何が玲を急き立てているのか、ようやく気が付いたようだった。かすかに苦い笑

みを浮かべ、

「……すまない」

一度抜いた指を、再び前から差し入れる。たぶん、二本。二人のあいだから秘孔をさぐる体勢は少し窮屈だ。だが、彼はあえてその位置から、何かを目指して慎重に襞《ひだ》を掻《か》き分けた。

彼が何を探していたのかわかったのは、その直後だった。

「アアッ……!?」

突然、内側から声が押し出された。そんな衝撃だった。

アレクシオスが押した一点を、内側から食い破り、すさまじい甘美があふれ出す。びくびくと背を反らし、内股に痙攣《けいれん》が走った。目の前が真っ白になる。

「……っ、……、……は…………っ」

しばらくして、呼吸と視界が戻ってきたときには、玲の屹立は残滓《ざんし》を吐き出しているところだった。

二人の腹も、二本のペニスも、玲の放埓《ほうらつ》でしとどに濡れ、身動きするたびぐちゅりと鳴る。

アレクシオスは愛おしそうに目を細めて囁いた。

「……ここだな」

「だめ……いま、しゃべらないで……」

彼の声にさえも感じてしまう。だが、彼は機会を逃さなかった。

「レイ。おいで」

吐息とともに囁いて、腿を抱え上げられる。

「あ……」

指で花弁を開かれた。内側から、塗り込められた軟膏が溶け落ちてくる。それを中へ押し戻すように、アレクシオスの先端が押し当てられた。

「きみは、わたしにキスをすることだけ考えているといい」

「え？　あ……っ、んん……っ」

後頭部に手を回し、深く口づけられて、つい、そちらに気を取られた。その一瞬を突くように、雄芯が花弁を押し開く。

「ンッ！　――ンッ……、んぅ……っ」

開かれて、開かれて、でも、まだ足りないと押し開かれる。軟膏のおかげで痛みはないが、あまりにも巨《おお》きく開かれてこわくなった。目を開く。咎《とが》めるように、彼が後頭部を支えていた手で目をふさぐ。

甘いキスの水音と、内側へ挿《はい》ってこようとする彼の熱さ、それを呑み込もうとみだらにうねる内襞の蠕動《ぜんどう》。視界を奪われたぶん、それらをより生々しく感じて、無意識に腰をくねらせた。

「ああ……っ」

ぐぷんっと傘が肉の輪を抜けた。その衝撃で、玲はもう一度軽く達した。ひくひくと、射精の余韻に蠢《うごめ》く中に、確かに、もうひとつの脈動がある。

「あ……」

目を見開いた。自分の目をふさいでいたアレクシオスの手を取って、指をからめる。見下ろした彼も、汗の浮いた白い額に金糸を張り付かせ、熱に溶けた青玉の目で、玲をじっと見つめていた。

「アレクシオス……僕の、運命の人《アモル・ファタリス》……」

彼とひとつになれたのだ。やっと。やっと……。

さまざまな感情が込み上げて、涙となって頬を伝う。

「レイ……、わたしの春《プロセルピナ》」

応えるように囁いて、アレクシオスが玲の頭を抱き寄せた。

「あ、アァ、ん……っ」

口づけの体勢に、腰が落ちる。じわじわと、圧倒的な質量が奥へと進んでくる。アレクシオスの雄芯は、巨きく、太く、だが、想像したよりずっと柔軟に輪郭を変えた。けなげに、皺一つなく広がって受け入れる玲の後孔を、ぴったりと埋めていく。「挿入する」とか「突き入れる」とかよりも、みっちりと隙間なく埋められ、満たされていく感覚だった。

「ああ……」と恍惚《こうこつ》のため息が漏れた。

まるで自分が、彼に満たされ、彼を受け入れるために作られたように感じた。

さみしく、愛に飢えていた。でも、誰にも満たせないと思っていた。その空虚が満たされていく。

接合部から広がる充足感に心までもが溺れた。その悦《よろこ》びは、大きなうねりとなって、彼をさらに奥へと誘う。

「あ！」

彼の傘が、あの一点を通り過ぎ、玲はビクリと背を仰《の》け反《ぞ》らせた。

「レイ」

三度目の射精に跳ねる腰を、アレクシオスが抱き留める。玲の鞘は吐精に合わせて刀身を吸い上げ、弛緩《しかん》とともに深くまで呑み込んだ。

「……、……」

彼の下生えが、肉の輪をくすぐっている。先端は、玲の空隙を埋め尽くし、最奥部に触れて止まっていた。

「……全部……？」

「ああ」と頷いてくれた彼に、玲はふわりと花のように笑った。

「よかった……。うれしい」

びくりと中の彼がふるえる。さらに内側から押し広げられるのがわかった。狭さに彼が眉をひそめ、微笑にほどく。

「……きみは、なんて、素晴らしい……」

うっとりと抱き寄せられ、キスを贈られた。抱き締められると、触れ合ったところから、とろとろと溶けてひとつになってしまいそうだ。

二つの心臓は、また少しリズムを別にしている。どうしても、自分のほうが速いのだけれど、アレクシオスの鼓動はまるで秘めた獣性を示すように激しい。

「……ぎゅってしても、いいですか」

「もちろんだ」

見つめ合い、抱き締め合って、鼓動を重ねた。玲の鼓動が駆け足をゆるめ、アレクシオスの鼓動も落ち着いていく。挿入前、あんなに玲を急き立てた焦燥感はなく、代わりに、ぐずぐずにとろけた粘膜の一部となって、二人をつないでいた。

アレクシオスが、「動いてもいいだろうか？」とたずねた。玲はほほ笑んで頷いた。だが、腰を抱えられ、そっと抜かれると、せつなさが押し寄せる。

「あ……やだ……っ、待って……っ」

思わず制止が飛び出した。彼がいなくなった隙間の襞が、彼を求めて蠢動する。引き留めるように締め付けた。

「ッ、……レイ……？」

息を詰めた彼に、顔を覗き込まれる。

みだらなお願いをしようとしている自覚はあった。だが、中がさみしくてたまらない。彼の額に額を合わせ、目を伏せて囁いた。

「お願い、このまま中にいてください……」

「……だが……」

「動くなら、中で、動いて……。お願いです」

――奥まで納めて、満たしたまま動いてほしい。

玲の懇願に、アレクシオスがふっと息をついた。持ち上げられていた腿を下ろされる。再び、彼が最奥まで戻ってくる。

「わたしの春《プロセルピナ》は、誰より可憐でみだらだ……」

先端で奥の壁を押し上げながら、アレクシオスはうっとりとした口調で言った。

「奥まで入れたまま、動いてほしい……？　こんなふうに……？」

ゆるりと中で円を描かれ、玲は甘い声を上げた。

「……それとも、このほうがいいだろうか？」

ぐっと腰を突き上げられる。今度は高い悲鳴を上げ、玲は彼にしがみついた。

「レイ？」

「どちらでも……、あなたが気持ちいいほうで……」

「きみは？」

「どちらも、すごく、いいですから……っ」

奥まで満たしておいてくれるなら、掻き回されるのも、突かれるのも、気持ちいい。みだらな本心に、アレクシオスは満足そうに目を細めた。

「ならば、こうしてみようか」

両側から双丘を掴まれて、中にいる彼にこすりつけるように揉《も》み込まれる。ごりごりと押しつける手と彼の刀身に弱いところを押し潰され、複雑な動きで中を混ぜられて、玲は涙声になった。

「あ……、あ、これ……っ、アレクシオス、これ、すごい……すごい……っ」

「いいのか、いやなのか、どちらだ？」

やわらかな、少し心配混じりの声に問われて、日本語を口走っていたことを自覚する。

「素晴らしいです、とても……」

彼の首にしがみついての告白に、彼は少し笑ったようだった。

「きみも、本当に素晴らしい。甘く囀るきみの声は、まるで小夜鳴鳥《ルスキニア》のようだ」

囁いて、なおも中を攪拌《かくはん》する。

奥まで隙間なく収めたままでは、終われないのではないかと思った。男性の性感は、どうしても摩擦に頼りがちだ。

(……終わらなければいい)

甘美な官能にとっぷりと浸《つ》かって、そんなことを考えた。

このまま、朝にならなければいい。そうして、ずっと抱き合ったままでいられればいい。ずっとこの人のそばにいられたら、どんなにしあわせなことだろう。

けれども、願っても叶わない夢だということもよくわかっていた。

これは夢。春分の、マルティヌス祭の、白の魔法の内の一夜だ。祭りの夜はやがて明け、春の訪れとともに魔法もとける。刻一刻と迫る別れを思って、玲はひっそりと涙を流した。

やがて、変化が訪れる。

「あ……?　ァ、ア……!」

「レイ?　……ッ」

玲の声の変化にアレクシオスも気付く。だが、理由は返事を待つまでもなかった。玲の鞘が突然複雑なうねりを見せ、彼の刀身にからみついたからだ。

「あ、あ、あ、うそ、うそ……っ、ぁ、――ッ!」

自分でも何が起こっているのかわからないまま絶頂に運ばれて、玲は声にならない悲鳴を上げて達した。性器から出るものは何もない。だが、射精とは比べものにならない、深い官能の波が、自分の体の内側から押し寄せてくる。

「あ、だめ、うごかないで、また、くる、くる……っ、アレク……ひ、あああぁぁあっ」

仰け反り、全身をくねらせた。内腿に痙攣が走り、襞の蠕動はアレクシオスの男を、奥へ奥へと誘っている。

玲の背を支えてシーツへと下ろし、アレクシオスは、体勢を変えて覆い被《かぶ》さってきた。まるで責め苦をこらえるかのように、眉を寄せてほほ笑む。

「きみの体は、完全にわたしのものになったようだ……わたしの射精をねだっている」

「……っ、言わないで……」

羞恥に顔を覆う玲の両手を引きはがし、シーツに縫い付けた。溶け合うかのようにひとつになっていた雄芯が抜かれていく。

玲は「いや……」と涙を浮かべた。

「やめて、抜かないで……」

「大丈夫だ。こわくない」

「違うんです、……終わらないで……」

涙が眦からこぼれ落ちる。

終わらないで。帰りたくない。このままあなたのそばにいたい。

声にできない願いを、玲を抱く男神は、正しく読み取ったようだった。

「心配しなくていい、春《プロセルピナ》。祭りの夜が明けてもずっと、わたしの精を注いであげよう」

そんな未来はやってこない。夜が明ければ、玲は日本への機上の人だ。

それでも、そう言ってくれる彼の気持ちがうれしかった。そして、これ以上耐えろというのがどれほど酷か、玲自身もわかっていた。

からめられた指に、ぎゅっと力を込める。一度目をつぶり、ゆっくりと開いた。

かかり落ちる黄金の髪。白い額に浮いた汗。玲を見下ろす、夜更けと午下の湖の瞳。何ひとつ、見落とすまいと思った。

「……どうか、わたしに許しを。レイ」

懇願に、ほほ笑む。咲き初めの水仙の花のように。

「……どうぞ、中に注いでください。アレクシオス」

玲の許しに、応答はなかった。

引いた腰を、再び彼が押し入れてくる。

二度、三度――。

最奥まで突き入れて、彼は達した。

「……っ」
どくりと挟隙《きょうげき》を打つ脈動。
快感を押し殺す息づかい。
降りかかる汗。倒れ込む重さ。何度も吐き出す精の熱さ――。
何もかも、覚えていようと思った。
これまでのさみしさを埋めてくれた彼のことを。
今度は一人で生きていくために。

4

目覚めはずいぶんどんよりとして、重たい泥の中から這い上がるようだった。すっきりしない意識をからめとるように、甘い水仙の香りがただよっている。

（……朝……？）

朝、なのかもしれない。部屋の中は薄暗いが、カーテンの向こうに、さえぎられた光の気配がある。やっとのことで目を開けたが、自分が寝かされているのがどこなのか、玲にはまったくわからなかった。単に、見慣れない場所にいたというだけではない。そこは当然、自宅ではなく、宿泊していたホテルでもなく、眠る前の最後の記憶の場所である、オルロ城の青い寝室ですらなかった。

オルロ城の寝室に似た高い天井。美しく精緻《せいち》な水仙のレリーフ。シンプルなシャンデリア。壁は淡い紋様が浮かび上がる壁紙が張られ、ベッドサイドに大きな鏡が埋め込まれているほかは、装飾らしき装飾は石膏のレリーフだけだ。ドレープを幾重にも重ねた、やわらかな空色のカーテンに、深いネイビーブルーのリネンが敷かれた天蓋付きの巨大なベッド。小さなサイドテーブルと、小型のチェスト、背もたれのない小さな腰掛け。たったそれだけの部屋だった。全体的に明るい色調であるはずなのに、日光が遮断されているからか、よどんだ空気が沈殿している。

「……っ!?」

ぞっとして飛び起きた。異国で、まったく見覚えのない場所で目覚めることが、これほどおそろしいとは考えたこともなかった。

だがそのとたん、ジャラッと耳慣れない音がして、首をくんと引っ張られる。

「えっ……」

（なにこれ、鎖……!?）

体勢を変えるごとに体の奥で蠢く、もどかしいような疼痛《とうつう》にも、今はかまっていられなかった。

鎖だ。玲の親指ほどもある太さの、金色の鎖。長い長いその一端は、玲の首に巻かれた首輪のようなものに、もう一端はベッドの天蓋の柱につながれている。

「なんで……!?」

思わず声に出してしまった。そのくらいわけがわからない。

状況はわかる――おそらく監禁されている。誰が、というのも想像はついた――意識を失う直前、最後に一緒にいたのはアレクシオスだったのだから。この部屋の雰囲気から、まずカエルラ国内だろうということもわかる。おそらくアレクシオスの住居であるラクス邸、そうでなくとも、彼の持ち家のひとつに違いない。だが、理由は——なぜ自分がこんなところに全裸でつながれているのかは、玲にはまったく理解できなかった。

シンデレラのようなハッピーエンドはありえない。マルティヌス祭の白い魔法がとけたら、あとは自分のいるべき場所へ戻るだけだった。本当なら今頃、飛行機で日本に向かっていたはずなのに——。

（そうだ、飛行機！）

いったい今は何時なのだろう。慌ててあたりを見回したが、時計は見当たらなかった。帰国の飛行機は十一時だ。

（たぶん、もう、間に合わない……）

そもそも、玲を鎖でつないだ男に、自分を日本に帰す気があるのかどうかすら疑わしい。

玲は深々とため息をついた。自分もうかつだったと思う。いくら最初で最後の夜だったからといって、意識を飛ばすほどセックスに耽《ふけ》るなんて……。

（……ああ、でも、そっか）

抱かれたんだ、と思った。

彼——アレクシオス・ラクスとの、めくるめく夜。たった一夜でも、充分に愛された。

自覚した瞬間、胸がいっぱいになり、両手に顔を埋めた。彼を受け入れた後孔までがひくりとはしたなくふるえるのは、ちょっと気が付かないふりをする。

だが、幸福の余韻に浸っていられたのはそこまでだった。

「目が覚めたか」

突然、冷ややかな声を投げつけられ、玲は一瞬肩を揺らした。……顔を上げるのがこわい。

おずおずと視線を上げた。部屋の隅のドアを開け、美貌の貴公子が入ってきたところだった。玲とは対照的に、きちんと服を身につけている。とはいえ、白シャツに黒のスラックスという格好は、彼にとってはごくプライベートなものに違いなかった。

「アレクシオス」

彼の名を呼んだ玲を、彼は氷のような目で見下ろした。

「……どうして……?」

なぜ、そんな目で玲を見るのか。なぜ、奴隷のように自分を鎖でつなぐのか。理由は彼にしかわからない。だが、彼は突き刺さるような声で言ったのだった。

「理由は、おまえにもわかっているんじゃないのか?」

(〝おまえ〟)

運命の人《アモル・ファタリス》。わたしの春《プロセルピナ》――そう甘やかに自分を呼んでくれた彼とは、何かが決定的に変わってしまったのだと理解した。

何が起こったのかはわからない。でも今、玲の目の前にいるのは、玲に愛を誓ってくれたアレクシオスではないのだ。

「……すみません。あなたに抱かれてからあとの記憶がなくて……」

ふるえる声で玲が言うと、彼は小さく息をついた。

「では、これなら？」

差し出された彼の手に乗っていたのは、祖母のかたみの指輪だった。アレクシオスの右目と同じ、ロイヤルブルーのカエライト。

「祖母のかたみです。返してください」

右手を差し出すと、彼は侮蔑を含んだ目で玲を見下ろした。

「返せ？　これの正当な所有者はわたしのはずだ。おまえにそんなことを言われる筋合いはない」

「――え？」

これにはさすがに眉を寄せた。理不尽に他人のものを取り上げるような人ではない。わかっている。だが、これは――。

（……どういうことだ？）

「……申し訳ありませんが、殿下。わたしも、あなたがなぜ突然そんなことをおっしゃるのか、本当にわからないんです。説明してくださいませんか」

その言葉を抵抗と受け取ったのだろう。彼は苛立《いらだ》たしげに玲を睨《にら》み、祖母の指輪を突きつけた。

「しらばっくれるのもいい加減にしろ。この石はかつて我がラクス家から、逆賊によって奪われたものだ」

逆賊——その言葉を理解するまでには、少し時間がかかった。日常会話では滅多に聞かない単語だ。加えて、その言葉は玲を余計に混乱させた。ゆるゆると首を横に振る。

「そんなはずは……。本当に、それは祖母からゆずり受けたかたみです」

「ならば、おまえは逆賊の裔《すえ》ということだな」

冷然と言い放ち、アレクシスは一歩前に出た。玲の首につながれた鎖をジャラリと引き、顎を摑み上げてくる。

乱暴なしぐさと苦しさに涙が滲んだ。けれども、せめて潔白を表すように、玲はまっすぐに彼の目を見返した。

「湖と同じロイヤルブルーの瞳は、湖《ラクス》の家の者の証《あかし》。空に似たセルリアンブルーの瞳は空《カエルム》の家の者の証……」

詩の一節を諳んじるように、彼は言った。そして断言する。

「おまえは、カエルム家の血を引く者だ」

「……それは……」

思わず、慄然と目を瞠った。

水嶋玲の体にわずかに流れるカエルラの血が誰につながるものなのか、玲は知らない。知るすべは既にこの世からすべて失われてしまった。

だが、玲には記憶がある。レイン・カエルム・カエルラ——そう名乗っていた頃の記憶が。

(でも、あなたは覚えていなかった)

今まで何度玲から前世のことをほのめかしても、一度も反応しなかったではないか——。

呆然としている玲を、アレクシオスは乱暴にベッドへ突き放した。

「おまえはわたしを誘惑し、夢中にさせ、陥れて手にかけた、罪人の一族だ！　なぜ今この国に現れた!?　再びわたしを殺すためか！」

(あなたを殺す——!?)

何のことを言っているのだ。玲もレインも、そんなことするはずがない。二人とも、心から彼を愛しているのに。

あまりのことに、状況を忘れて言い返した。

「待ってください。違います！」

「何がどう違うのだ」

怒りと疑念に青白く燃えるアレクシオスの目を、正面から見返した。

「僕にそんなつもりはありません。あなたに、すべて捧げたばかりではありませんか」

心からの言葉だった。だが、激昂《げっこう》したアレクシオスの心には、何ひとつ届かない。

彼は疑り深く、質問を重ねた。

「何のために、カエルラに戻ってきた？」

「あなたに、お会いするためです」

「やはり、わたしを殺しにきたのか」

「違います。あなたに愛を捧げるためです」

言い張る玲を、アレクシオスは冷然と見下ろした。

「……わかった。それなら、おまえの体にきくまでだ」

信じられないことを言い、ベッドに上がってきた男を、玲は呆然と見上げることしかできなかった。

カーテンを開け放った明るい部屋に、ぬちぬちと、卑猥な水音が響いている。

音は、玲の後孔から漏れてきているものだった。慣らすまでもなくやわらかくなっていたそこへ、アレクシオスは非情にも、おそろしいかたちのバイブを押し込んだ。

ベッドに上がった彼は、平坦な声で、「両脚を抱えろ」と玲に命じた。

「……いやです」

「そうか」

玲の反発に表情ひとつ変えず、アレクシオスはジャラッと無造作に鎖を引いた。

「……っ、ぐ、ぁ、やめ……、」

「おまえは、自分の立場をもう少しよく考えたほうがいい」

乱暴な扱いに、冷然とした態度。自分は既に彼にとって、蔑み、憎むべき相手になったのだ。それを悟り、玲の胸は苦しさとかなしさに引き裂かれそうに痛む。

鎖をゆるめ、彼は再び、「両脚を抱えるんだ」と厳命した。

「……、」

唇を噛み締め、のろのろとしたがう。どうぞ見てくださいと言わんばかりの淫猥な格好に、両目から涙がこぼれた。

(どうして……)

なぜ、こんなことをさせるのだろう。玲を問いただしたいだけならば、こんな屈辱的な方法を選ばなくてもいいのに。

そんなことを考えていた玲は、「考えごとをしている余裕があるのか?」と問われ、視線を上げた。

「ひ、」と、息を呑む。

眼前に、卑猥な玩具が突きつけられていた。太さこそアレクシオスの持ちものに及ばないが、亀頭の下にボールを連ねたような荒々しいかたちだ。根元には意味不明の突起があり、禍々《まがまが》しい色をしている。

アレクシオスは、傲然と言い放った。

「やめてほしいなら、今のうちに本当のことを言うことだ」

そんなことを言われても、玲は彼が想像しているような答えなど持ち合わせていない。

うなだれ、口を開いた。

「……僕が、カエルム家の者なのかどうかはわかりません。本当に知らないんです。もしかしたら、そうなのかもしれない……、それを確かめるすべはもうありませんが」

「なら、なぜ、わたしに会いにきた？」

「あなたをお慕いしているからです」

アレクシオスの応えはなかった。代わりに、ろくに慣らしもしない秘所へ、バイブを押し込まれる。あの軟膏を使ったのだろうか。水仙がきつく香った。

「あああっ」

悲鳴が玲の口から飛び出す。ずぷっ……ずぷっ……と、その卑猥な形状に沿い、何度も肉の輪を広げては潜り込んでくる。

「ひっ、……アッ……、ん、……うぁっ……、あっ、あぁ……！」

無機物の、温めもしない冷たさと固さにゾッとした。愛と情熱をもって中を熱く愛撫《あいぶ》した、アレクシオスの陽根とのあまりの違いに目を見開く。眦から涙があふれ出した。

だが、アレクシオスは容赦しなかった。最奥部に突き当たるまで押し入れられると、あの形状の意味がよくわかった。根元の突起が玲の会陰部から双玉までを刺激して、内と外から、あの、玲の弱いところを責め立てる。

「誰が、脚を放していいと言った？」

冷ややかに言われ、必死で膝裏を抱え直した。そこはしっとりと汗に濡れてぬめっている。

アレクシオスは、面白くもなさそうな表情でそれを見ていたが、おもむろに玩具の持ち手に手を伸ばすと、無造作にスイッチを入れた。

「いやぁあああ！」

玲の悲鳴が、部屋に響いた。縦に連なるボールがぐるぐると回転し、複雑に幹をくねらせる。エラの張った亀頭がぐねぐねと中を蹂躙《じゅうりん》した。無機物の固さと、意志を持った動物のような動き。逃れようとしても、外からも突起が会陰部を押し込んでくる。

アレクシオスとのセックスから、どのくらい時間がたっているのかわからない。だが、中で快感を得る方法を教えられ、幾度も高みに運ばれた体は、こんな無機物の侵略までをも許してしまう。

涙を振りこぼして玲は首を横に振った。

「やだ！　やだ、だめ、やめて……っ、抜いて……、お願い……っ」

中で暴れる無機物に、無情にも快感を引きずり出される。気がおかしくなりそうだった。痛いだけならまだしも、甘い痛苦は玲の心まで傷つける。

汚れてしまうように感じた。憎しみに囚われているアレクシオスの心も、彼に差し出した自分の心も、彼と過ごした短く幸福なひとときも、全部。こんな、心の通わない、ただ痛めつけるためだけの行為のために、汚されてしまう。

「お願いです、やめて……っ、あなたも……あなたまで、汚れてしまう……っ」

「わたしが？」と彼は眉を寄せた。

「そんなもの、わたしを陥れにきたおまえに再び入れあげ、まんまと溺れた……それだけで充分だ」

（……〝再び〟……？）

さっきから、ちらちらと引っかかる言動がある。だが、責め苦が激しくて思考がまとまらない。

アレクシオスは侮蔑のこもった瞳で玲の中心を見下ろした。

「とんだ淫乱だな。こんなものでも感じるのか、おまえは」

見ると、玲の性器は、こんな状況でも、ゆるゆると勃ち上がってきていた。

反応は弱く、芯が通るにはほど遠い。だが、愛のない無機物に犯されてこうなったのだという事実は、玲の心を打ちのめした。

「やめて……もう、やめてください……。僕がお気に召さないのなら、どうか放っておいてください。二度とあなたの前には現れないから……」

「もう遅い」と、彼は固い声で断罪した。

「おまえは既にわたしの前に現れ、誘惑し、わたしを虜《とりこ》にした」

わずかに彼の声音が揺れた気がした。

だが、そんなことに気を取られている場合ではなかった。彼は、玲の後孔をずっぷりと犯しているバイブの振動をいったん弱め、玲の兆した中心を、あの軟膏をまとわせた手で無造作にしごいた。

「……ッ」

直截的な刺激に、屹立が芯を持つ。すると彼はおもむろに、サイドテーブルに置いてあった黒い箱を手に取った。

(何……?)

中に収まっていたのは、細い金色の棒だった。先端は丸く、反対側の端には小粒のカエライトが輝いている。一見、マドラーか簪《かんざし》か、それくらいしか用途が思いつかない。だが、こんな場面でそんなものが必要になるわけがなかった。

思わずアレクシオスの顔を見た。彼は一瞬、苦いような表情になったが、淡々と行為を進めた。棒に軟膏を塗りつけ、玲の性器を左手に握る。鈴口に棒の先端が触れる段になり、ようやく玲はその用途を知った。

「ひ……っ、やめっ、やめてください！」

「暴れるな。傷がつく。一生使いものにならなくなるぞ。わたしは一向にかまわないがな」

「っ……」

おそろしい脅しに悲鳴さえも引っ込む。「脚を抱えておくんだ」と命じられ、諾々とそれにしたがった。

「あ……、あ……っ」

つぷつぷと鈴口を犯した棒の先端が、亀頭の中へ潜り込む。そのようすを、愕然《がくぜん》と見ているしかない。

やがて、亀頭の下のくびれに先端が達すると、何かに阻まれるような抵抗があった。アレクシオスは、慎重に、親指と人差し指で亀頭を支えると、つぷっとその壁を突き破る。

「イ……ッ！」

痛みとともに、棒はさらに中へと進んだ。

「あ、あ、嘘、うそ……抜いて……抜いて……！」

尿道を押し開かれる感覚は、まるで無理やり射精させられているようだった。痛い。だが、どうやってもごまかせない快感がある。しかも、その棒が通り過ぎたあとには、覚えのある、じんじんとした熱が広がり、玲は絶望的な気分になった。あの、水仙の香りの軟膏だ。やがてそれは、初めての玲を交合へと急き立てたときのように、じっとしていられない掻痒《そうよう》感となって、玲を苦しめ始めた。

「やだっ、やだ、抜いて……っ、も、そこ、あつい……っ、やだぁ、やめて……っ」

もはや膝を抱えてはいられず、玲はシーツを引き摑んで腰をよじった。それを上から押さえつけ、アレクシオスが棒をカエライトの下まで挿入する。

「栓をしただけだというのに、それさえも感じるのか。困ったものだな」

意地の悪い物言いに反発する余裕さえ、玲には残されていなかった。ズッと、わずかに抜かれるとそれだけですさまじい射精感が駆け抜ける。

「やだ、やだっ……あ、ああ、あ……！」

もはや絶頂し続けているようなものだ。だが、それだけでは終わらなかった。アレクシオスが再び棒を押し込んで、先端のカエライトをトンと突いたのだ。

その瞬間、ぶわっと何かが内側から漏れて広がるような感覚があった。

「ひっ、やだ、やだ……ぁ、あ、あ、あぁあああっ」

腰を突き出し、背を反らす。引き摑んだシーツに大きな皺が寄る。大きな波が引いたあとにも、何度も快感が打ち寄せて、そのたびに玲はびくびくと腰を揺らした。

漏らしたと思ったのに、実際には何も出ていない。それはそうだ。出るための孔《あな》をふさがれている。

(けど、じゃあ、これ、なに……?)

中だけで達する快感を、それと理解できないまま、玲は呆然と天蓋を見つめた。

アレクシオスが問いかける。

「レイ。おまえは何者だ?」

——自分はいったい何者なのか。

レインの記憶を持って生まれ、空っぽのまま生きてきた。空隙を満たしてくれた愛情は、わけもわからず取り上げられた。

(……僕は、何のために生きてるんだろう……)

ひたひたと、深い絶望が込み上げてくる。

黙ったままの玲に、ため息をつき、アレクシオスは深く埋めたままだったバイブのスイッチに手を伸ばした。

「強情を張りたいなら、好きなだけ張るといい」

長い責め苦は、まだ終わりの兆しも見えなかった。

❖

玲は一人、城のサンルームで人を待っていた。

玲——いや、レインだ。

（……あ、夢か……）

自分の手を見下ろし、そう思った。たっぷりとフリルのついた白いブラウスは、もちろん玲の服ではない。上等な絹を手縫いしたくつろぎ着のズボンも、金糸で縫い取りの施された、やわらかな革の靴もだ。

つまり、これはレインの記憶をたどる夢のひとつなのだった。

レインは、サンルームの先端に置かれたカウチセットで、冷めた紅茶を飲んでいた。重ねたクッションに背を預け、あたたかな毛布にくるまって、カンテラの灯りでヴェルレーヌの詩集を読みながら、いつ来るともしれない恋人を待っている。

恋人を心待ちにする彼の感情を感じ取り、彼の目を通して世界を見ながら、玲は複雑な気持ちになった。ひたすらに純粋に、アレクサンドルのおとないを待っているレインが羨《うらや》ましくもあった。彼には恋人に愛されている自信があるのだ。それに引き替え、自分は……。

夜は刻々と更けていき、夜半過ぎになってようやく、ギッと小さな木の軋《きし》みが耳をかすめた。櫂《かい》の音だ。レインは詩集をサイドテーブルに置き、立ち上がった。毛布を羽織って、テラスに出る。

「……アレックス？」

レインのひそやかな呼びかけに、コンコン、と二回、櫂で石を打つ音が返った。ようやくアレクサンドルがやってきたのだ。

カエルム家の管理下にある現在のオルロ城にとって、ラクス家の王太子である彼は招かれざる客だった。だから、レインに逢いにくるときも、アレクサンドルはこうして人目をしのび、宵闇にまぎれてやってくる。

レインはカンテラを持ち、慣れた手つきで、テラスの端についた木戸を開け、石段を下りていった。

月の美しい夜だった。夜の湖面には月光が道をつけていた。穏やかな水面の小さな波に、月の光がゆらゆら揺れる。美しい夜。

男が一人、小さな桟橋《さんばし》に小舟をつないでいた。足首まですっぽりと黒い外套《がいとう》に覆われて、一見怪しげにも見えるが、均整の取れた体つきまでは隠せない。深くかぶったフードから、豪奢な金糸が一筋、こぼれ落ちている。

「……ああ、僕の太陽神《アポロ》……」

レインの感嘆に、アレクサンドルが、こちらを見上げてほほ笑んだ。

「やあ、わたしの小夜鳴鳥《ルスキニア》」

彼はレインをよくそう呼んでいた。夜更けに人目をしのんで逢うときだけ、彼の腕の中で甘く囀る小夜鳴鳥だ。

軽く両手を広げられ、やわらかい抱擁とキスを交わした。

「今夜はどうする？　舟に乗ろうか？　それともここで湖を眺めようか。上は、さすがに危ないだろう？」

恋人の質問に、レインは小さく首をかしげた。

「たぶん、大丈夫だと思います。眠れないから気分転換をしたい、眠れたらそのまま寝るから誰も来ないでほしいと言って、カウチを整えてもらったので……。灯りを落とせば、寝たのかと思うでしょう」

「そうか」と彼は頷いた。

「ならば、たまには、やわらかなカウチできみを抱くとしようか」

「アレックス……」

恋人の揶揄に、レインは恥ずかしげに頬を染めた。不安定な船上でも、月光も届かない暗がりで立ったままでも、彼に求められるまま応じてきた。恥だとは思っていないけれど、奔放だと言われた気がする。

恋人は、レインを抱き寄せ、「かわいい、わたしの小夜鳴鳥《ルスキニア》」と額に口づけた。

「きみをいつも粗末な場所で抱いてばかりいることを、申し訳ないと思っているんだ……」

連れ立って石段を上がる。

「レイン」

月明かりのテラスで、アレクサンドルは足を止めた。常に余裕を感じさせる表情をしている彼にはめずらしく、どこか思い詰めた表情だった。

「はい」と、レインは従順に応えた。

「……わたしの正式な婚約については、聞き及んでいると思うが、」

「ええ」と、レインは首肯した。知ってはいても、改めて彼の口から直接聞くと、レインの胸は激しく痛んだ。ひとつ、ゆっくりとまばたきをしてやり過ごす。

「知っていて、なぜ、わたしを責めないのだ？」

責めないことを責められている。その理不尽な傲慢さを、レインは愛しいと思った。愛されることを当然のことのように受け止め、他者からの愛を空気のように吸って息をする。そういう、彼の、愛される者特有の傲慢さは、彼をよりいっそう輝かせるのだ。

静かに笑んで、答えた。

「アレックス……アレクサンドル・ラクス殿下。あなたはカエルラの王太子、未来のカエルラ王でいらっしゃいます。いずれ王妃をお迎えになり、お子を成さねばならないことは、最初からわかっていました」

そして、その義務はいずれレインにも降りかかる。現国王を除けば、カエルム家に男子はレイン一人だけだ。

「僕に責めてほしかったのですか？　ならば、そういたしますが」

「いや……、すまない、そうではない」

彼は率直に自分の非を認めた。それからおもむろにテラスにひざまずくと、「レイン」とひそかに名を呼んだ。

「はい。アレクサンドル」

「レイン・カエルム・カエルラ。……わたしは、家と王太子位を捨てようと思う」

レインはハッと息を呑んだ。

家と王太子位を捨てる——それが、彼にとってどれだけ重大な決断か、わからないわけがない。

いずれ王になる身として、帝王学を修めてきた。常に周囲にもてはやされ、それ以上に期待され、応える以上に返してきた。そんな彼が、ラクス家の名と王太子位を捨てる。それは、今までの人生をすべて捨てると言っているに等しい。

さまざまな感情が胸に渦巻いた。だが、すべてを抑えて頷き、レインは先をうながした。

「それらは、今までわたしを支える骨子だった。誰よりも、この国の君主としてふさわしくあるように努力してきた。だが、きみへの愛を貫くためには、それらは取り立てて必要のない、むしろ邪魔なものだ。わたしは、きみへの愛以外すべて失うだろうが、それでもきみは、わたしを愛してくれるだろうか？」

「もちろんです、殿下」

レインはふるえる手で口許《くちもと》を覆った。二人の愛が、とうとう不幸を招き寄せようとしている。けれども、止まるつもりはなかった。アレクサンドルが茨の道を進むと言うなら、自分は黙って続くまでだ。

「ありがとう」と、彼はレインの右手を取り、甲に口づけた。自分の左手薬指にはめていた指輪を外し、「受け取ってくれないだろうか」と差し出した。

――この国のカエライトの中でも、最も美しいと言われる、湖《ラクス》の石と空《カエルム》の石。そのうち、ラクス家に伝わるロイヤルブルーの湖の石だ。

同じ色をしたアレクサンドルの瞳を見つめ、レインは幾度も目を瞬いた。これを受け取れば、後戻りはできなくなる。はっきりとわかっていた。だが、どうしてレインに首を横に振ることができるだろうか？

空色の瞳いっぱいに涙を浮かべ、レインはゆっくりと頷いた。

「謹んでお受けいたします、殿下」

「ああ……！」と、彼は歓喜の声を上げた。

「ありがとう、レイン」

「お礼を申し上げるのは、僕のほうでしょう」

顔を見合わせて、笑い合う。けっしてしあわせなだけの笑顔ではなかった。でも、これでいいと思った。レインは、一目アレクサンドルを見たときから、すべてを捧げる覚悟をした。アレクサンドルはそんなレインの気持ちに応えた。二人はただ恋をしただけだ。その行く先が茨の道でも——たとえ、その果てが破滅でも。

アレクサンドルが差し出したカエライトの指輪は、レインの右手の中指にぴったりと収まった。満ち足りた気持ちで見つめ合う。そのときだった。パンッと乾いた破裂音が宵闇を切り裂いた。

一瞬、一切の時が止まる。

(——え?)

そう思ったときには、血しぶきを浴びていた。

「アレックス!」

一拍ののち、レインは絶叫した。目も開けていられないおびただしい量の血は、目の前の恋人の腹部から噴き出していた。

彼は腹を押さえて、呆然とレインを見つめ、「どうして……」と一言、空気混じりの声を漏らした。それが、彼の最期の言葉だった。

どさりとアレクサンドルの体がテラスに沈む。

「アレックス!?　アレックス!!」

絶叫して、レインは彼の体に取り縋《すが》った。

出血元は銃創だった。必死で押さえるレインの手の下から、生ぬるい血がどんどんあふれ、テラスに血だまりを作っていく。それらをかき集め、彼の体に戻そうとして、レインははっとした。アレクサンドルの青い目は、もはやレインを――この世の何も見てはいない。

「殿下！」

「ご無事ですか、殿下！」

遠くから、衛兵たちの駆けつけてくる声と足音がする。おそらく見張りの誰かが、テラスに立つレインとアレクサンドルを見かけ、彼を賊か何かと勘違いしたに違いない。頭から爪先まで黒衣に身を包んだアレクサンドルは、遠目には不審人物だっただろう。

だが、こんな――こんな悲劇があるだろうか。

ついさっき、たった数分前、彼にすべてを捨てて一緒になろうと言われたばかりだ。レインはそれを了承した。心からうれしかった。人目をしのんで生きていくのは、これからも同じかもしれない。それでも、意に染まぬ結婚や嫉妬に心を引き裂かれることなく、二人で清らかに、深く愛し合って生きていく未来を夢見て誓った。

「アレックス……アレクサンドル……僕の太陽神《アポロ》……」

涙ながらに、魂を失ってなお輝くばかりの顔を撫でる。血に濡れた手で触れたせいで、彼の頬も唇も赤く汚れた。

「こんなにすぐに僕を置いていくのはひどいではありませんか」

囁きながら、レインは血を吸って重くなったアレクサンドルの服を掻き分けた。目当てのものはすぐに見つかる。

すらりと短剣を鞘から抜いた。まだほのかに温かい、恋人の手に自分の手を重ね、彼から贈られた指輪に口づけた。

「僕も、あなたと一緒にいきます。いつまでも、どこまでも」

——この命が今ここで尽きようとも、いつか、どこかで生まれ変わって、きっとあなたに逢いにいく。

約束は、きちんとしているほうがいい気がした。きっとそのほうが逢いやすい。

レインは涙に濡れた顔で微笑し、恋人の唇に口づけた。

「……百年後。百年たったら、逢いにいきます。だから、僕を見つけてください」

そう誓いを口にして、重ねた手で握った剣で自分の首を掻き切った。

❖

「――ッ」

首元を押さえ、飛び起きた――つもりだったが、体はベッドに横たわったままだった。

呼吸が荒い。意識と体との乖離《かいり》が、玲の思考力を鈍らせる。ここがどこで自分が誰なのか、一瞬よくわからなかった。

はっ……と吐いた息が熱っぽい。たぶん発熱しているのだと思う。横向きに寝返りをうち、体を小さく折りたたむと、額から何かが滑り落ちた。

（……氷枕……？）

小さなビニール袋に水が入れられ、口をきつく縛ってある。水は生ぬるくなっていたが、誰かが自分の世話をしてくれたのだということはわかった。

（……アレクシオス……？　なわけないか……）

期待しそうになるのを、自分で打ち消す。残酷な道具で玲を責め苛《さいな》み、発熱させたのは、ほかならぬ彼だというのに。

（いったいどうなったんだっけ……）

マルティヌス祭の夜、アレクシオスと結ばれた。とても甘美な時間だった。

だが、うとうとして目覚めると――少なくとも、玲の感覚ではそうだった――場所は移され、玲は全裸でつながれていて、アレクシオスは豹変《ひょうへん》していた。

後孔と尿道を同時に道具で責めたてられ、乳首を自分でいじりながら卑猥な言葉を言うよう要求されたところまでは覚えている。

ひどい責め苦だった。血を見ることこそなかったものの、強いられた屈辱と行きすぎた快感は拷問に近い。そこからは記憶も曖昧で、最後は気絶したのか、眠ったのかも定かではなかった。

思い出そうとして失敗し、改めて自分は陵 辱《りょうじょく》されたのだと痛感する。

だが、玲は期待したかったのだ。アレクシオスは何か誤解しているだけだ、まだ自分を愛してくれている、自分に情をかけてくれると。

やっと自覚して、玲は枕に顔を埋めた。

(馬鹿だな。あんなに憎しみをぶつけられたのに……)

大事に胸に抱いて帰るはずだった、愛する人との一夜の記憶まで、その本人にめちゃくちゃにされてしまった。枕カバーが涙で湿る。

泣きながら、うつらうつらとまた眠ったが、夢見はひどいものだった。

うなされ、次に目が覚めたときには、カーテンの外は薄闇だった。やはり部屋の中は無人だ。途中で誰かに薬を飲まされた覚えがある。おかげで熱が下がったのか、思考はいくらかはっきりしているけれど、今がいつなのか——夜明け前なのか、それともこれから夜が来るのか、今度こそ本格的にわからなくなっていた。

（……喉渇いた）

首だけ動かして見ると、ストローの刺さったグラスが、サイドテーブルに置いてあった。

寝返りして手を伸ばし、口に運ぶ。水にはまだ溶けきらない氷が浮いていて、やはり誰かの気遣いを感じた。

シーツも、体も、ベタベタした感じはない。シーツを替え、体を拭き、再び寝かせてくれたのだとしたら、やはりアレクシオスではない気がした。だとしたら、テレンスだろうか。玲の惨状を見て、彼はどう思っただろう——。

そういえば、と思い、首元に手を伸ばした。鏡がないから詳しい意匠はわからないが、首輪はまだそこにあった。だが、鎖は足首につながれている。足首に巻かれた金の輪は、繊細な水仙の装飾が施された、一見するとアンクレットのような一品だった。そこから伸びる鎖もまた美しい金色をしている。もしかしたら特注品かもしれない。

まじまじと見ながら、ため息が出た。尿道を犯したあの棒もそうだったが、まるで玲専用に誂えたかのようだ。こんなものを用意するより、ほんの一筋のやさしさでも残しておいてくれていたら、そのほうがよほどよかった。

虐げられた体はつらい。けれど、焦がれて焦がれて、やっと結ばれたと思った人につらく当たられ、痛めつけるためだけに抱かれたことは、何より玲の精神を疲弊させていた。どうしてこんなことになったのだろうと考えようとしても、頭がそれを拒否してしまう。

もう一口、水を飲んで、またうとうとと眠った。今度の眠りもひどいものだった。

暗闇の中、誰にも愛されない、誰も一緒にいてくれないと泣いている子供の自分に、祖母がやってきて寄り添う。だが、安堵《あんど》する間もなく祖母はどこかへ呼ばれて行ってしまった。真っ暗闇で、玲は一人泣き続けながら大きくなり、大人になり、老人になり、誰にも会わないまま朽ち果てていった。

三度目の目覚めは、排尿欲求が連れてきた。上半身を起こしてみる。改めてぐるりと部屋を見回すと、外部につながっていそうな扉は二つだった。

そろそろとベッドの端まで這っていき、おそるおそる床に足を下ろした。下肢はだるく、膝はがくがくと笑っているが、立てないということはない。じゃらりと後に付いてくる鎖を引きずって歩く。

左側の扉には、鎖の長さが足らなかった。これで右側がバスルームでなかったらと危惧したが、ノブを捻《ひね》り、押し開けてみた先は、ありがたいことにバスルームだった。

棚には水色のタオルがきちんと準備されていた。大きな鏡の前には、水仙さえも生けてある。まるで客人に対するもてなしだった。もっとも、その客は、主人にむごい仕打ちを受けているのだが――。

少し考え、用を足して、バスタブに湯を張った。温かな湯にゆっくり浸かると、心のこわばりも、わずかながらほどけていく。

体を拭き、少しの期待をもって部屋のチェストをさぐってみたが、着るものは一枚も入っていなかった。全裸でも寒くない室温に保たれているということは、衣服を与えるつもりはないのかもしれない。

玲はため息をつき、今度は窓辺へと近づいてみた。外は再び暗くなっている。掃き出し窓も腰高窓も、すべて鍵がかかっていて、内側からは開けられなかった。窓を割って逃げようにも、見たところ三階以上はありそうだ。この高さでは、飛び降りることもできない。明るくなれば、誰かに助けを求められるかもしれないが……。

諦めて、玲はベッドへ戻った。

(彼は、僕をどうするつもりなんだ……)

憎むなら、こんなところへつながずに、さっさと打ち捨ててくれればいいものを。アレクシオスの考えていることが、玲にはさっぱりわからない。

(どうしてこんなことになったんだろう)

ようやく、それについて考えることができそうだった。

マルティヌス祭の夜、玲は確かにアレクシオスの愛を受け取ったと感じた。本当に、何もかもが初めてだったけれど、たぶん、そこまで見誤ってはいないと思う。

だが、一度眠って起きたときには、アレクシオスの態度は一変していた。玲が眠っているあいだに、彼に何かが起きたのだ。

（……記憶が戻った？）

真っ先に思い浮かんだのはそれだった。体調がすぐれず、状況も状況だけに後回しになっていたが、玲もまた新たな記憶を取り戻した。

（僕らは、たぶん、「青の戦争」の引き金《トリガー》だ）

「青の戦争」のことは、カエルラ国史をかじったことがある者なら誰でも知っている。史実では、「貴族の支持を盾に王権を独占しようとしたカエルム家の第一王子が、民衆の支持が厚かったラクス家の王太子を陥れて殺害。それをきっかけに、貴族王権主義派と民衆派の対立は表面化し、内紛へと発展した。最終的には民衆の支持を集めていたラクス家が、貴族王権主義のカエルム家を追放して王位を握った」事件だとされている。

（……僕の見た夢とは、ずいぶん違う）

実際には、二人の王子は深く愛し合っていたし、アレクサンドルを撃ったのは、彼を侵入者と勘違いしたカエルム家の者だった。そこに謀略がなかったのは、レインがすぐに彼のあとを追ったことでも証明されている。

だが、アレクサンドルやその家族、民衆派の人々にとっては、そうではなかっただろう。元々長い反目の上にあった両家だ。「青の戦争」の勝者として、そして大切な王太子を殺害された被害者として、ラクス家にとって都合のいいように歴史が書き換えられたのかもしれなかった。そうして、故郷を追われたカエルム家の一人は、極東の島国で唯一カエライトを扱っていた宝石商と出会い、嫁ぎ、約束の時まで百年、細々とその血をつないできた……。

あまりにも長く壮大な運命に目眩を感じ、玲はベッドに横になった。無意識に思い出すことを拒否していたのだろうか。こうなってみて初めて、アレクサンドルとレインの二人の結末について、今の今まで知らないことに疑問も抱かなかった自分に気付き、頭を抱えたくなった。

夢に見るレインの記憶は、確かに最初から断片的で、順番もバラバラだった。だが、あのカエライトを祖母からゆずり受けたとき、すべてを知ったと思っていたのだ。

(……考えてみたら、カエルラに来てからも、ポロポロ思い出してたのにな)

あのサンルームに行ったときも、湖岸の四阿でアレクサンドルに再会したときも……。

自分の記憶は完全体ではなく、ただ、それまでの大河ドラマの録画順を入れ替えたに過ぎなかった。そのことに気付くチャンスは、これまでも、いくらでもあったはずだ。

だが、専門家でもないかぎり、日本で「青の戦争」の当事者たちの名前を知るすべはなかった。少なくとも、玲の知り得るインターネット上の情報では無理だった。

加えて、「レインも、アレックスも、カエルラではよくある名前」という祖母の言葉が、玲の意識に目隠しをした。それは確かに事実ではあるものの、もしかしたら、祖母は「青の戦争」を玲の目から遠ざけようとしていたのかもしれない、とも思う。自分の遠い先祖が関わった事件となれば、それも考えられないことではない。

（……アレクシオスは、たぶん、思い出したんだ）

すべてをか、それとも一部分だけをか、それは玲にもわからない。だが、オルロ城での密会のさなか、ラクス家の者の手によって殺された最期については、確実に思い出したのだろう。

——わたしを夢中にさせ、誘い込み、手にかけた、薄汚い罪人の一族だ！　なぜ今この国に現れた!?　再びわたしを殺すためか！

あの絶叫は、単なる錯乱などではなかった。他にもこまごまと、そう受け取れる発言はあったと思う。

彼自身にも理由のわからない情熱に突き動かされ、一夜を共にした。だが、かつて玲と同じ顔をした恋人に裏切られ、殺された——そんなおそろしい過去を、アレクシオスが知ってしまったのだとしたら？

彼の命はそこで終わってしまったのだから、その後のレインの行動は、正しく伝えられていないかぎり彼には届かない。そして、一般に「史実」と伝えられているのは、ゆがめられたものなのだ。

「ああ……」

何度目になるかわからない寝返りをうち、玲はため息とともに涙を流した。

確かめて、誤解だと伝えたい。だが、今の彼は冷静さを欠いている。突然、「自分」の中に押し入ってきた前世の記憶に翻弄されてしまう状況は、玲にもよくわかった。

生まれたときからレインの記憶の断片を持っていた玲ですら、十四歳のあの日、押し寄せるレインの記憶に押し流され、気を失った。意識を取り戻したのは実に七日後で、そのときには祖母は亡くなっていた。不安定な思春期、しかも家族の愛に飢え、自分自身の核となるものを持っていなかった玲だからだとしても、前世の記憶を受け入れることが心身にどれだけ負担をかけるかは推し量ってあまりある。体に不調をきたすでもなく、感情に翻弄されるだけですんでいるアレクシオスの胆力は賞賛に値した。

(あなたが、倒れたりしないでよかった)

そう思い、そんなふうに思う自分を玲は嗤《わら》った。こんな監禁状態で、あんな辱めを受けて、それでも思うのはそんなことか。

(……でも、あなたが大切なんだ……)

アレクサンドルの死後の事実を、彼は知らない。それが彼を苦しめているのだとしたら、伝えられるのは自分だけだ。たとえ信じてもらえなくても、事実を知った上で許してもらえなくても、玲がレインから受け継いだ愛を彼に伝え、許しを請うことは玲にしかできない。

(だけど、そのためにも、まずはあなたに会わないと)

スマートフォンも財布もない。自分から助けを呼ぶことはできない。極端なことを言えば、身の回りの世話をしてくれている誰かが、玲を見捨てた瞬間に、玲は生きていけなくなる。

監禁とはそういうものなのだと思った。いのちも、体も、すべてを支配されている。

(――かまわない)

そうしたいとアレクシオスが望むなら、それでいいと思ってしまった。自分は本当に愚かだ。でも、玲が差し出せるものなんて、十八年、胸にあたためてきた愛くらいしかないのだから。

「……早く来て……」

消え入りそうな声で呟いた。

こんなにこじれてしまっても、やっぱり僕は、あなたに会いたい。

バスルームとは反対側のドアが音もなく開いたのは、夜半に差しかかった頃だった。玲は窓辺に小さな椅子を運び、外を見ていたが、その気配に振り返る。

入ってきたのはアレクシオスだった。存在感のある艶を放つシルクシャンタンのダブルのスーツに、水色のシャツとシルバーのタイ。華やかな装いに、彼が自分にしたことも状況も忘れて、一瞬見惚れる。

おそらく何かのパーティにでも呼ばれていたのだろう。酔っているというほどではないようだったが、頬がわずかに上気して、艶やかな色気が滲み出ていた。

「……何をしている」

低く重いアレクシオスの問いに、玲は努めていつもどおりを装った。

「外を見ていました。手持ち無沙汰だったので」

あくまで自然体を押し通す玲に、アレクシオスの無表情の仮面の下を、何かの感情が通り過ぎたように見えた。

本当は、かつてなく緊張していた。陵辱の夜から初めての会話だ。なんでもない顔の下で、心臓は早鐘を打っている。いつもどおりにしていなければ、勝手に体がふるえ出しそうだった。

「やけに落ち着いているな」

「この状況で、僕にできることはありませんから」

口の端で苦笑して、枷《かせ》の付いた左足を持ち上げた。金の鎖がジャラジャラと耳障りな音を立てる。

「鎖を長くしておいてくださって助かりました。トイレに行けるし、……そうだ、風呂も勝手にいただいてしまったんですけど、よかったでしょうか？」

だが、虚勢もそこまでだった。彼が一歩、また一歩と近づいてくるにつれ、顔がこわばっていくのがわかる。

本能的な恐怖だった。いくら平静を装っても、心も体も、彼にされた仕打ちを忘れたわけではない。がたがたとふるえ出した玲を見て、アレクシオスは不興げに眉を寄せた。

「わたしがこわいか」

「……いいえ」

「そんなに憐《あわ》れを誘う顔をして？　嘘をつくのも大概にしろ」

「あなたがこわいんじゃありません。あなたに憎まれ、傷つけられることがこわいんです」

彼は嘲るように鼻で笑った。

「人をだまして殺しておいて、憎むなというほうが無理だろう」

その一言で、確信した。

「……思い出されたんですね？」

玲がそれに気付くこと――玲もまた前世の記憶を持っているということを、あらかじめ想定していたのだろう。彼は苦い顔で頷いた。

「おまえは、最初から知っていたようだがな」

アレクシオスが、前世の――アレクサンドルの記憶を思い出した。それは、とりもなおさず、彼がアレクサンドルの生まれ変わりだったということだ。

うれしいことのはずなのに、玲の絶望はより深くなった。あの愛の日々を覚えていながら、彼は玲を陵辱したのだということが、決定的になってしまったから。

「何を、どこまで思い出されたのですか」

玲の問いに、アレクシオスは唾棄すべきことのように答えた。

「すべてだ。前世でも、おまえはそうやって、さも誠実そうな顔をして、わたしをだました。わたしはおまえに夢中になり、まんまと城におびき寄せられて殺された」

「――っ、違います！　僕は本当にあなたを愛していた！」

思わず彼を睨み上げて反論した。彼との――アレクサンドルとレインの愛を否定するのは、たとえ彼であっても許せない。

「すべてとおっしゃるなら、僕があなたに身も心も捧げていたことも、あなたと愛を誓い合ったことも思い出されたのでしょう？　アレクシオス……あの頃は、アレクサンドルというお名前でした。身のほど知らずにも、あなたに恋をした愚かな子供に、あなたは愛を返してくださった。あの記憶があったから、僕はどんなにつらくても、あなたに逢うことだけを希望に、今まで生きてくることができたんです」

だが、アレクシオスは「愚かなことだ」と吐き捨てただけだった。

冷徹な目で玲を見下ろし、命じる。

「立って、こちらに尻を出せ」

「……っ、ここでですか……？」

みっともなく声がふるえた。自分は今どんな顔をしているのだろう。アレクシオスが目に見えて苛立つのがわかった。

「早くしろ。さっさと出して寝たいんだ」

あくまでも玲を処理のためのものとしか見ていない言葉にショックを受ける。アレクシオスも、アレクサンドルも、こんなことを言う人ではなかったのに。

「……あなたをそんなふうにしてしまったのは、僕ですか」

ふるえ声の問いに、答えはなかった。荒っぽく腕を引かれ、無理やり立ち上がらせられる。腰を摑まれ、無造作に後孔に指を突き入れられた。陵辱の記憶に体は勝手にこわばったが、痛みはなかった。腫れぼったくなってはいるが、傷つけられてはいないらしい。

ガラスに顔を押しつけられ、窓枠に爪を立てながら訴える。

「……っ、待って、せめてあの軟膏を……」

「あの快《よ》さが忘れられないか？」

貶《おとし》める言葉に、玲は「いいえ」と首を振った。

「そのまま入れてもかまいませんが……。でも、あなたは、その、巨きいので、たぶん、あなたのほうが、すごくきつくて痛い……」

「黙れ」

舌打ちでもしそうな声でさえぎられ、雑に指を引き抜かれた。

サイドテーブルからあのポットを取ってくると、投げ出すように窓枠に置く。

「そんなに言うなら自分で慣らせ」

「……、はい」

かなしかった。思わず目を伏せた。だが、従順にポットの蓋を取り、半透明の軟膏を指に取ると、彼に向かって突き出した秘所に撫で付ける。

自分の指を中に挿れる。激しい羞恥心が心を掻き乱し、目尻から涙があふれた。見られまいと下を向く。

「……犯される準備を自分でするのか？」

自分でそう命じたくせに、興醒《きょうざ》めしたような声で彼は言った。蔑もうとして、しそこなった、そんな声に聞こえた。

「……せめて、『抱かれる』と言ってください」

もし彼が望んでくれるなら、行為を拒むつもりはない。痛めつけるためだけの陵辱はおそろしく、玲の心を傷つけたが、彼を憎むことはできなかった。

その気持ちを伝えたくてそう言ったが、返事は返ってこなかった。

後孔が自然に息づくほどになると、「こちらを向け」と命じられた。

眼前に、ゆるく兆した性器を突きつけられる。要求されていることはわかったが、羞恥に一瞬ためらった。

「今度はこれだ」

「ひざまずいて、舌を出せ」

苛立たしげに、重ねて命令される。したがうと、アレクシオスは玲の舌の上で亀頭を往復させ、おもむろに口腔を犯した。

「んぅ！　……ぉっ、……ぐっ、ふぅ……んんっ！」

喉奥まで突き入れられる。玲は目を見開いた。苦しい。勝手に涙が滲んでくる。だが、アレクシオスは止めてくれなかった。どころか不満げな声で命令した。

「喉と舌を使って吸うんだ」

涙目で彼を見上げると、喉を突かれた。嘔吐《おうと》感が込み上げる。

「んむっ、んっ、……んーっ、ぅぇ……っ、ぐ、ふっ……っ」

玲の口を勝手に使い、巨きく育った陽根が、挿れたとき同様、無造作に抜かれていく。彼のペニスは既に反り返り、玲の唾液をまとわせて、シャンデリアの灯りに、てらてらと光っていた。

「向こうを向いて、拡《ひろ》げて見せろ」

アレクシオスの声に、ほんのわずかに熱が乗った。たったそれだけの変化がうれしく、秘所を差し出す。窓枠に左手をつき、右手の手指で花弁を拡げた。左手に顔を伏せ、暴れくるう羞恥をやり過ごす。

「……」

アレクシオスは、黙って自身を支えると、玲の人差し指と中指のあいだから、無造作に突き入れた。

「アァア……ッ、あっ、ああっ、あ、ぁ、ア……！」

圧倒的な存在感に目を見開く。みっちりとやわらかく、同時に固い肉塊が、玲の内側を侵略してくる。指の股をこすられるのは、余計に犯されている感じが強かった。たまらず、声が唇からあふれる。

だが、彼の陽根は、ここからまだ巨きくなる。知っている玲の肉襞が、媚《こ》びるように蠕動した。応えるように、どくりと彼が脈動し、一回り巨きくなる。

「……っ、淫乱め。たった二度で、男を誘う孔になっている」

忌々《いまいま》しげな口調で言って、アレクシオスは玲の腰を両側から摑んだ。予告もなく奥まで突き入れ、乱暴に前後する。

「ひっ、あ、あ、あ、あ、あ……！」

初めてのときとは対照的な、男の性感のみを追求する動きだった。性器を出している以外はタイすらもゆるめていない男に、全裸で後ろから犯される。まるで自分が射精させるためだけの肉塊になったような気分だった。

「あっ、あ、……っ、アアアッ……!?」

褒めるように乳首を摘《つま》まれ、先端に爪を立てられた。甘いしびれが腰へと流れ、中のアレクシオスを締め付ける。その感覚にも感じ入って、玲はさらに嬌声を上げた。

二人にとっては初めての体勢だ。けれども、あえて口にした。

「ねぇ……、前にも……っ、あっ、こんなふうに、した、ことが、あっ……、ん、……あったでしょう……？」

玲の言葉に、背後の獣の動きが一瞬止まった。だがすぐに抜き差しが再開される。

「知らないな」

無慈悲な答えに、「嘘」と切りつけた。

「狩りの……っ、日の、森……、ああっ、大樹の、陰で……あっ、こうして……っ」

「黙れ！」

ビリッと空気がふるえるほどの威喝に体がすくむ。だが、同時に手応えも感じた。

彼の反応は、心当たりのない人間のものではなかった。もし本当に知らないなら、「何のことだ」と言うはずだ。あの愛の日々も思い出したのなら、レインの気持ちも、玲の気持ちも、信じてもらえる可能性が残されているのではないか。

「ああ、アレックス……ッ」

「その名で呼ぶな……！」

だが、考えごとができたのはそこまでだった。苛立たしげに速度と重さを増したピストンに、思考も感情も削られていく。あとに残るのは、すさまじい快楽だけだ。

「あ、あ、んっ、ちょ……、待って、待って……あぁ……っ！」

激しい抽送に膝がくずれる。その腰を後ろから摑み、アレクシオスは一度、刀身を鞘から引き抜いた。かと思うと、玲の体を反転させ、そのまま力任せに抱え上げる。不安定な体勢に、玲は思わず彼の首に手を回した。密着した玲の秘所に剛直をあてがい、一息に引き下ろされる。

「ひあっ、……あ！　あ、あ、あ、いや、だめ、これ、深い、ふかい……っ、あぁぁああ！」

ずぶずぶと自重で彼を受け入れた。抱え上げられた両足は不安定に揺れるばかりで、アレクシオスを吞み込んでいる一点と、二人の腕の力だけで支えられている。必死に彼にしがみつきながら、重い下からの突き上げに、玲は身も世もなく首を振った。

「だめ……っ、あぁっ、だめ、だめ、これやだ、おかしくなるっ……おかしくなるから……っ」

「おかしくなってしまうといい」

「やだっ、や……あ、あ……、あ……」

——くる。またあの感覚が襲ってくる。

玲はうつろに目を見開き、空を見つめた。

「だめ……っ、くるぅ……っ」

ぎゅっと目をつぶり、苦悶《くもん》とも恍惚ともつかない表情に顔をゆがませる。肉襞が不随意に痙攣し、雄の種を搾ろうと蠢いた。

「……っ」

「あ……！」

奥を濡らされる。重たいしぶきが最奥を打ち、みっちりと満たされた中で行き場を失って、さらに奥へとさかのぼるのを感じた。

「あ……、あ………」

墜落する。支えきれない。身も心もくずれ落ちる。床に打ち付けられる痛みを覚悟しながら、ふっと意識が遠のいた。

だから、玲は知らないのだ。

気を失った玲の体を、たくましい腕がぎゅっと強く抱き留めたことも。

大切なものを運ぶように玲をベッドまで抱いていったアレクシオスが、長い長い逡巡の末に、悩ましく痛むような表情で、その額に口づけたことも。

5

豪奢な檻《おり》での囚われの生活は続いた。

城から運ばれ、陵辱による発熱で朦朧《もうろう》としていたのは、実質三日ほどだったらしい。

翌日から、玲の部屋には小さな独り用のテーブルセットが運び込まれ、三食が届けられるようになった。運んでくるのは、家令のテレンスだ。彼は一糸まとわぬ状態で鎖につながれている玲を見ても、眉ひとつ動かさなかった。まるで高級レストランのウェイターのような手つきで、皿を差し出す。

「三日間お食事をおとりになっていらっしゃらないので、スープをお持ちいたしました。足りないようであれば、お申し付けくださいませ」

「……ありがとう」

相変わらずうやうやしく、物腰はやわらかい。だが今は、その慇懃さが薄気味悪く感じられた。

アレクシオスは確かにたくましいが、彼一人で城からここまで人目につかず、意識を失った玲を運んでくるのはまず不可能だ。玲の誘拐には、おそらくテレンスも関わっている。にもかかわらず、被害者である玲に対して、以前とまったく同じように接することができる彼は、まっとうそうに見えて、アレクシオスと同じか、それ以上に異常だった。

日に三度、テレンスが運んでくる食事は美味だった。だが、どれもスプーンと素手で食べられるものばかりだ。

(……フォークやナイフは危険物か)

警戒されたものだと思う。そんなものを武器にして、一回り以上体格に差のあるアレクシオスを害することなどできるはずがない。そもそも玲には、アレクシオスを傷つけるつもりなど少しもないのに。

そんなことを考えている玲は、実際のところ、アレクシオスがおそれているのは玲の自害の可能性だということには気付けないのだった。

裏を返せば、玲はそこまでこの状況を忌避しているわけではないのだ。もちろん、アレクシオスに誤解されたままなのはつらい。心の伴わないセックスは玲を深く傷つける。だが、彼のそばにいることは、元々玲の望みでもあったのだ。

一番の気がかりといえば、

「……大学、行けなくなっちゃうな」

ある朝、朝食と一緒に受け取った新聞の日付を見て、玲が呟くと、テレンスがめずらしく相槌《あいづち》をくれた。

「大学でございますか」

彼は必要最小限——たとえば、玲の給仕や体調管理に関わる会話しか、アレクシオスから許可されていないようで、滅多に雑談の相手はしてくれない。久しぶりの会話らしい会話がうれしくて、玲は「はい」と頷いた。

「四月から日本の大学に通うことになっていて、今日がいろいろ手続きに行く日だったんですけど……」

カエルラ語学文学を学びたいと希望して、探し回って決めた大学だ。推薦入試ではあったものの、合格通知をもらうまでにはそれなりに努力もした。

入学金は合格直後に払ったが、連絡もなく手続きに現れないとなったら、「入学の意志なし」と見なされるだろう。できれば電話の一本でも入れたいところだったが、外部との接触は完全に断たれている。このままではいつ帰国できるのか、どころか、生きてこの部屋を出るときが来るのかすらもわからない。いつか解放されるとしても、もう一度受験をしなくてはならないのかと思うと、さすがにため息が重くなる。

「さようでございますか」と頷いたテレンスは、朝食の皿を片付けながら続けた。

「この国にも、大学はいくつかございます。よろしければ、資料をお持ちしましょうか」

テレンスの提案に、玲は目を見開いた。

「……それ、僕にカエルラの大学に通えってことですか?」

「水嶋様の語学力でしたら、何ら問題ございません」

「いや、そうじゃなくて……。僕はここから出られる日が来るんでしょうか」

「それは、わたくしにはなんともお答えいたしかねます」

「アレクシオスが、いつか僕に興味を失ったとして、僕は生きて解放してもらえるんですか? 口封じに殺されるということは?」

「あるいはそうなるかもしれません」

「……あなたは、彼が犯罪に手を染めることをなんとも思わないんですか」

玲の問いに、老家令は淡々と答えた。

「わたくしは、アレクシオス様のご命令にしたがうまででございます」

「……彼もあなたも、どうかしてる」

だが、仮に生きてここを出られるとして、カエルラ移住の可能性は今まで考えたことがなかったのも事実だった。

いくらレインの記憶を持っていて、カエルラを心の祖国と慕っていても、玲自身は日本人だ。日本で生まれ、日本で生きていく。それが当たり前だと思ってきた。

（ああ、でも……）

もし、この国で学べるなら——アレクシオスのいる国のために働けるような未来があるなら、それも悪くはないかもしれない。

それは、玲にとって新たな未来のビジョンだった。

「……すみません。やっぱり、大学の資料だけ見せてもらってもいいですか？」

玲が頼むと、テレンスは「承知しました」と頷いた。

「大学では何を学ばれたいですか？」

日本で学ぶなら、絶対にカエルラ語学文学と決めていた。だが今、この国で学ぶなら。

「……公共政策か、経済学がいいです」

玲の言葉に、テレンスは「明朝お持ちいたします」と頷いた。

雑談のついでに、玲はもうひとつ彼に頼みごとをした。

「あと、すみません、よかったら、『青の戦争』について書かれた本とか、インターネットの記事でもいいんですけど、探してきてもらえませんか。詳しければ詳しいほどいいんですが……」

テレンスは、これについても「うけたまわりました」と返事した。もっとも、アレクシオスの許可がなければ、それらが持ち込まれることはないだろう。期待半分、諦め半分だったが、翌朝、玲の部屋を訪れたテレンスの手には、数冊の大学のパンフレットとともに、王立図書館の蔵書がたずさえられていた。

アレクシオスは、相変わらず忙しくしているらしい。玲を監禁しながらも、一方では普段どおり仕事もこなしている。そのようすは、テレンスの持ち込む新聞の記事からもうかがい知ることができる。

多忙にもかかわらず、彼は一日と開けずに部屋を訪れ、玲を抱いていた。

アレクシオスの訪問直前の食事は控えめになるので、いやでもその後の予定がわかってしまう。テレンスに「このあとアレクシオス様がいらっしゃいます。ご準備を」とうながされるのは、未だに顔から火を噴くほど恥ずかしい。だが、そう言われれば、玲はシャワーを浴び、後ろにあの軟膏を塗り込んで、彼の訪れを待つのだった。

もはや監禁なのか、優雅な愛人生活なのかわからない。そんな玲の異常な日常に、唯一薄暗い影を落とすのがアレクシオスとのセックスで、それさえなければ、束縛の強い恋人関係のようですらある。

わざとひどいやり方で玲を抱くくせに、アレクシオスはいつもどこか苦しげだった。

「……もう、終わりになさってもいいんですよ、殿下」

ある晩、騎乗位で奉仕させられているときだった。この日の彼は普段以上に疲れたようすで、玲をいたぶる気力すらなさそうだった。

命じられたまま、後孔で彼をなぐさめながら玲が言うと、アレクシオスは大きく目を見開いた。

苦々しげに顔をしかめる。

「それを、おまえに決める権利があるとでも思っているのか？」

「いいえ、そうではなくて……。だって、あなた、僕を抱きながら、いつもすごく苦しそうです。憎んでいる相手を抱いて、気持ちよくなれるわけはないとは思いますが……」

言いながら、玲はアレクシオスの眉間に刻まれた皺に手を伸ばした。

復讐のためにセックスで玲を痛めつけることを、この人も望んでいないのではないだろうか——疑念は回を重ねるごとに強くなっていた。

「……何のつもりでわたしに近づいたか、話す気になったのか？」

頑《かたく》なを通り越し、もはや形式のようにすら聞こえるアレクシオスの問いに、玲もまたいつものように首を横に振った。数え切れないほど繰り返してきた答えを、今日も繰り返す。

「ただ、あなたにお会いしたかっただけです」

「それを、わたしに信じろと？」

「それ以外に答えがないのですから、信じていただくほかありませんが……」

彼を高みに導くために動かしていた腰を止め、玲はアレクシオスの美しい双眸を見下ろした。

「僕はただ、あなたを愛しただけです。誓って、陥れようとなどはしていません。今も、あのときも」

ハッとアレクシオスの表情が変わった。警戒心もあらわに玲を睨む。

「あのときとは？」

「アレックス……アレクサンドルの最期を、あなたが誤解なさるのは無理もありません。歴史がそう伝えてきたのですから。でも、僕があなたを裏切ったわけじゃない。あなたは暴漢に間違われて、城の衛兵に撃たれたんです」

「信じられるわけがない！」

威喝を、正面から受け止めた。彼が声を荒らげるのは、自分に自信がないときだ。ここ数日で、それもわかるようになっていた。わかっていれば、こわくはない。

（……あなたも苦しんでる）

本当はやさしい人なのだ。ラクス家がこの国の君主でなくなってからも、元王家の務めとして、カエルラ国民を愛し、福祉に尽力する、崇高な魂を持った人。

だからこそ、もうそろそろ終わりにしなくてはならないと思った。玲にとってはマルティヌス祭の白の魔法の延長でも、彼にとってこの檻でのセックスが苦しみでしかないのなら。

あのときも、今この瞬間も、やはり自分は彼を愛さずにはいられないのだ。たとえ、報われる未来はないのだとしても――。

玲はほほ笑み、彼の秀でた白い額にキスを贈った。「なぜ？」とたずねる。

アレクシオスは大きく目を瞠り、呆然と玲を見上げた。美しい、色違いの宝玉が、玲の真実を前に揺れている。

「百年前も、マルティヌス祭の夜も、あなたは僕を愛してくださいました。僕の愛を受け取ってください。それなのに、なぜ今、それが信じられないのですか？　あのとき、僕はすぐにあなたのあとを追ったんです」

地位も財産もなげうって愛した伴侶より、ゆがめられた歴史や、自分の思い込みを信じるのか。傲慢にも聞こえる玲の問いに、彼は小さく眉を寄せた。苦しげにも、忌々しげにも見える表情は、アレクシオスの中に迷いが生じていることをまざまざと示している。

だが、彼は意地のように言い張った。

「……信じられない」

「なぜ？」

「きみも、一度殺されてみればわかる」

玲はほほ笑んで、頷いた。彼の両手を取り、自分の首にかけさせる。

「いいですよ。それで僕の気持ちが証明できるなら……」

「やめろ！」

驚くほど強い力で玲の手を振りほどき、彼は苦しげに顔を背けた。

「馬鹿馬鹿しい……。きみはこの部屋でわたしに抱かれていればいい」

――一生、この部屋に囚われて、彼のために鳴く小夜鳴鳥《ルスキニア》として生きていく。

それは甘美な誘惑だった。もし、彼が心からそう望んでくれるなら、玲は喜んで自分を差し出しただろう。

(でも、それではあなたの救いにならない)

アレクシオス。玲の太陽神《アポロ》。彼がいつまでも前世の記憶に囚われて、必要のない復讐のために、不毛なセックスをする必要などない。

玲はゆるりと腰を回した。会話はこれで終わりです、と言うように。

今すぐは受け入れられなくても、聡《さと》い彼ならいつかは気付く。自分が過去への執着と復讐を捨てるべきだということに。

彼に抱かれる理由がなくなったとき、自分は耐えられるだろうか。彼に教え込まれた、男に尽くすための性技も、男に貫かれて悦ぶ性感も、きっと一生、玲につきまとい、せつなく苦しめる呪いに変わることだろう。

だが今の玲にできることは、せめてこの行為が彼にわずかでも快感を与えられるよう、尽くすことだけだった。

玲が豪奢な檻の中で愛欲に溺れている間にも、窓の外では季節は確実にうつろっていく。

暦はとうとう四月に入り、窓から見える庭の日陰に残っていた雪も溶けて消えた。玲がカエルラに来た頃には水仙の咲き誇っていた花壇では、今はパンジーやビオラ、チューリップの姿が目立つ。本格的な春が、この標高の高いオルロにも、ようやく近づいているのだった。

（……綺麗だ）

この窓から見える庭は、いつも美しく整えられている。レインが直接見たことはなかったが、この豪奢な檻が、おそらく代々ラクス家の人々が暮らしてきたラクス邸の一室なのだろうということはとうに察しが付いていた。

「……アレクシオスと散歩できたら、気持ちいいだろうな……」

思わずそんな願望が口からこぼれ、玲は小さく自嘲した。

自分は鳥だ。裸のまま、囀るためだけに飼われている、籠の中の小夜鳴鳥《ルスキニア》。飼い主と一緒に広い世界へ出られたらなんて夢は、叶わぬ妄想に過ぎない。二人では生きていく世界が違いすぎる。

うらうらと明るい庭の情景に不釣り合いな物憂い気分で、手元の本に視線を落とした。

カエルラ近代史の論文集。その中に、この檻の扉を開く鍵があった。テレンスの助力で、ようやく玲が見つけたものだ。それをいつ使うべきか——使うのか、このままにしておくのか。小鳥は一人、悩んでいる。

外に出たいのも本当。だが、このまま囚われていたい気持ちも完全に否定はできない。

――だが、鳥籠の扉は、ある日突然、向こうから開いたのだった。


コンコンコンコンと、小さなノックが四回。玲はいぶかしく思いながらも、「はい」と返事をした。この部屋を訪れる人間は、アレクシオスもテレンスもノックをしない。アレクシオスはこの館の主《あるじ》で、テレンスはその家令だからだ。

ノックの主は、自分からノックしておきながら、玲の応答がよほどショックだったらしかった。「なんてこった」という、カエルラ語のスラングが聞こえてくる。その声には聞き覚えがあった。

「……もしかして、コニー？」

「ああ、レイ。レイだね？」

「うん。きみ、どうしてここに？」

「レイを捜しにきたんだ。今開ける」

ガチャリと鍵を回す音がして、ドアが開いた。

あまりに突然、あまりにもあっけなく開いた籠の扉を、玲は呆然と見つめた。

そんな玲の姿を見たコンスタンスもまた、エメラルドブルーの瞳が落ちるのではないかと思うほど目を見開き、たっぷり五秒は呆然自失した。

それから、我を取り戻すと、頭を抱え、「アレェ――ックス!!」と絶叫する。

「勘弁しろよ。っていうか、ほんとに？　彼が？　テレンスも共犯か。見損なった！」

最初は、何をそんなに取り乱しているのかわからなかったが、ふと自分の今のありさまを思い出して赤面した。

一糸まとわぬ生まれたままの姿で、首輪と足枷をはめられ、足枷から伸びる鎖は床に渦を巻きながら天蓋の脚につながれている。監禁生活が長くなるにつれ、全裸で過ごすことにすっかり慣らされてしまったが、コンスタンスにしてみれば、どう見ても身内による監禁、さもなくば変態プレイ中だろう。

どう説明したものか迷ったが、下手に言い訳するよりはと口を閉ざした。

「ごめんよ、玲。もっと早く捜しにくるんだった。本当にごめん。まさか、アレックスがこんな変態だったなんて……！」

足枷につながった鎖を握り締め、ぼろぼろ泣きながら言う彼に、むしろ玲のほうが困惑してしまう。

「あの、コニー？　そこまで気にしなくても、」

玲はそう言いかけたが、コンスタンスは鎖をジャラッと床に放り出してさえぎった。とぐろを巻くそれを忌々しげに見下ろす。

「すぐに何か切るものを取ってくる。外したら逃げよう。戻るまでに何か着といて」

「いや、ごめん、何もないいんだ」

「何も!? きみ、まさかずっと裸で……!?」

走り出ていこうとした足を止め、絶望的な顔になったコンスタンスは、「本当にごめん」とうなだれた。力なく視線をさまよわせ、ベッドを指さす。

「謝ってすむことじゃない……ああいや、もちろん、できるだけのお詫びはさせてもらうけど……。とりあえず、そのシーツでいいから体に巻いといて」

彼は「待ってて。すぐ戻る」と言い置くと、再びドアから駆け出していった。「うん」と答える暇もなく、玲は呆然とその背中を見送る。

彼が出ていったドアが開いていた。十日前にベッドの上で目覚めて以来、頑なに玲を通そうとしなかった扉が。コンスタンスが、鎖を切るものを持って戻れば、本当にここから出られるのだ。

なんだ、と思った。

(ずいぶんあっけなかったな……)

日にちにしてみれば、たった十日。人生を差し出す覚悟までもしていたのに、実際に過ごした時間を振り返ってみると、なんと短いことだろうか。

(もう終わりなんだ)

白の魔法もいよいよとける。そう思うと、じわりと涙が浮かんできた。今、この期に及んでもまだ、アレクシオスへの愛執と、彼に愛される奇跡を捨てきれない。彼のためにはこれでいいとわかっているのに……。玲の心は千々に乱れた。

しばらくして駆け戻ってきたコンスタンスは、どこから持ってきたのか、古い大きな斧《おの》を手にしていた。

「ごめん、待たせて。鎖はここじゃ切れないから、とりあえず逃げよう」

そう言うと、彼は手に持っていた斧を振りかぶった。

――ガンッ！

すさまじい音を立て、斧が天蓋の脚に食い込む。二度、三度。めりっといやな音を立て、とうとう天蓋の脚はへし折られた。そこから急いで鎖を抜く。

「行くよ」

「……うん」

ドアのところで、玲は部屋を振り返った。

サイドテーブルに残した本に、アレクシオスは気付くだろうか。

絶望した。かなしかった。けれども、やはり、アレクシオスと十日の時間を過ごした部屋だ。「さようなら」を言おうとして、言えないまま、玲は部屋を後にした。

どんなに去りがたく思っても、小鳥には小鳥の生きる場所があるのだ。

ジャラジャラと長い鎖を抱えての逃避行は、到底「素早く」「人目につかずに」とはいかなかった。

「重《おっも》……。アレックス、本当にろくなことしないな」

玲と一緒に鎖を抱えて走りながら、コンスタンスがぼやいている。

「裏手に回ろう。湖岸のほうが、まだ人目につきにくい」

そう言われ、ラクス邸の裏口からカエルラ湖岸の遊歩道へ出た。森の木々にまぎれ、ようやく一息つく。

早朝、アレクシオスと見た「本物の夜明け」は荘厳で神々しかったが、今の湖は春めいて、伸びやかなコバルトブルーに輝いていた。その健康的なまぶしさに、ああ、本当に外なんだと実感する。

「どうして僕を捜しにきてくれたんだ？」

玲がきくと、コンスタンスは肩をすくめた。

「最初はメールを送ったんだ。軽い気持ちで……あー、正直に言うと、ちょっとからかってやろうと思って、マルティヌス祭の翌朝に『昨夜の首尾はどうだった？』って」

ぶっと玲は噴き出した。

「ひどいな!?」

「ジョークだよ。オレは叔父様みたいにお上品じゃない」

「いいんじゃないかな」と玲は頷いた。

「きみのほうが、とっつきやすいって人は多いと思うよ。僕もそうだ」

「でも、アレックスのほうがいいんだろ。ずっと熱に浮かされたみたいな目で追いかけて、あんなイカれた部屋に十日間も素っ裸で監禁されても！」

歩くたび耳障りな音を立てる鎖を見下ろし、コンスタンスはまた怒りを再燃させているようだった。

「……で、きみにメールしたんだけど、返事はなかった。怒らせたかなと思って、もう一通、『そろそろ帰国かな？』と送った。『よかったら、日本に帰ってからも、ときどきメールしてほしい』って。でも、やっぱり返信はなかった。それで、いやな予感がしたんだ。きみは理由もなくメールを無視するタイプには見えなかったし、アレックスのきみへの執着ぶりは、マルティヌス祭の夜によくわかっていたから……。それとなく、彼とテレンスを見張っていたら、あの部屋に食事を運んでいることがわかって、気が付いた」

「……どうして？」

それは純粋な疑問だった。なぜ、ここまで積極的に、コンスタンスは自分に関わろうとしてくるのだろう。

「最初にサンルームで会ったときも……、そのメールも、今も、きみは僕にすごくよくしてくれる。コニーがそれほど積極的に僕と関わろうとしてくれるのはなぜだ？」

玲の問いに、コンスタンスは端的に答えた。

「レイが叔父様の運命の人だから」

――運命の人。

その言葉に、玲は目を瞠った。

「どういう意味？」

「言っただろ？　アレックスはさみしい人だ。たぶん、世の中の多くは信じないけど
――あの人、ずっとさみしかったんだ。だから、しあわせにしてあげて。」

確かに、マルティヌス祭の夜、彼はレイにそう言った。だが。

「……さみしい……？」

あの、この世のすべてを手に入れたような人が？

玲が首をかしげると、コンスタンスは「きみも信じない一人だね」と苦笑した。

「アレックスは、あのとおりの容姿だし、人当たりもいい。投資の才能も、その利益を惜しみなく福祉に投じる高潔な魂も持っている。人前では愛想よくニコニコしてるから、とてもそんなふうには見えないよな」

「……うん」と玲は頷いた。玲の見てきたアレクシオスも、そんなイメージだった。最後の十日間を除けばの話だが。

コンスタンスは前を向いて歩き続けながら言葉を継いだ。

「だけど、彼はずっと、誰も愛せない人だった。家族的な愛とか、福祉的な愛じゃなく、恋愛として」

「でも、彼、結婚してただろ？」

玲が言うと、コンスタンスは苦々しげに眉をひそめた。

「それ、彼には言わないであげて。あの結婚については、すごく後悔してるんだ」

「……そうなの？」

インターネットで見つけた記事では、あんなにしあわせそうな夫婦だったのに。

コンスタンスは頷き、ため息をついた。

「あの結婚は、オレのせいでもあるんだ。父が早くに亡くなって、彼はラクス家当主を継ぐことになった。元々、分け与えられた財産をうまく増やして、投資家として成功しかかっていた彼に、突然、家の重圧がのしかかった。自由気ままな次男の投資家が、いきなり元王族や元御貴族様たちのしきたりの世界へ引きずり込まれたんだ。権謀術数には長《た》けていても種類が違う。……アレックスは、民衆には大人気だけど、元王族や元御貴族様たちにとっては、けっしていい仲間じゃなかった」

「……元王家としての私有財産や権利を、国民に譲渡しようとしているから？」

「そう」とコンスタンスは頷いた。

「オレは、世間の流れとしていいことだと思ってるよ。だけど、アレックスがオレの両親を殺したみたいな記事だとか、陰謀説とか、いろいろ出回った。実際はそんなこと全然なくて、彼はいずれオレにラクス家当主をゆずるつもりだったけど……今でも、あと半年、オレが十八になったらすべてをゆずるって言ってるけど、それまでは平穏を保つ必要があった。だから、その手段として結婚したんだ」

「そうか」と玲は呟いた。

「相手の人、確か、元公爵家のお嬢さんだったね」

「そう。完全なる政略結婚の成立ってわけ」

コンスタンスは頷いて、重苦しいため息をついた。ジャラジャラいう鎖を忌々しそうに見下ろして、

「ほんと重いな」ともうひとつため息を追加する。

「あの人、あんな見た目だし、本当にもてるんだ。でも、女の子たちに囲まれているときも、彼女と結婚したときも、ちっとも楽しそうじゃなかった。……満足そうじゃないって言うのかな。いつももの足りない顔をして、誰かを捜してるみたいな目をしてる。そこがかえってセクシーだって、社交界では評判だった」

コンスタンスの語るアレクシオスが、あまりに自分の知っている彼とかけ離れていて、玲は戸惑っ

た。

「……そんなふうには見えなかったけど」

くっとコンスタンスが噴き出した。

「そりゃ、レイは特別だからね。オレだって、彼がこんなことする人だとは思ってなかったよ。今だって信じられないくらいだ」

そう言う彼の腕の中で、抱えた鎖がジャラッと鳴る。いたたまれない気分で視線をそらした。

「……気持ちはわかる。僕だって、自分がされたんじゃなきゃ信じない」

「だろ？　でも、彼の奥さんだった人は、自分ならそんな彼を変えられると信じてた。だから自分が花嫁に選ばれたんだって鼻高々で……結局、無理だったわけだけど」

「……うん」

「で、浮気されて、離婚。言っておくけど、アレックスは、浮気されたことについては全然怒っていなかった。むしろ申し訳ないことをしたって思ってる。だから、彼女の浮気が原因で離婚したけど、慰謝料を払ったのは彼のほうだし、彼女が再婚するまでの生活費もずっと出してた。彼の都合で愛のない結婚をしたんだ。そのくらいは当然だって、いつも言ってた」

コンスタンスは歩調をゆるめて玲を見た。彼の目もまた、美しく晴れた日の湖の色だった。

「きみに会いにサンルームに行った前の夜、アレックスから、きみの話を聞いたんだ。彼が、あんなに熱心に誰かについて語るのを初めて見た。だから、オレは、きみに会わないといけないと思った。きみが帰国してからも、必要ならオレがあいだを取り持とうと思ってた。アレックスにはレイが必要だから。……まさか、誘拐してきて監禁するほどイカれてるとは思わなかったけど」

例の四阿が見えてきた。「やっとここか」と言いながら、コンスタンスは、思い出したように苦笑した。

「レイに再会した日のアレックスの浮かれようったら、本当にすごかったんだ。見せたかったよ。マルティヌス祭の前後って、祭りにかこつけた非公式の外交が山ほどあって死ぬほど忙しいんだけど、その当日に無理やりスケジュールを空けさせて、うきうきメールしてるんだから……。もうホント、『この世の春』ってこういう感じを言うんだなって思った」

「そうなんだ？」と玲も笑った。

「僕はびっくりした。朝起きたら、いきなりテレンスさんが服買ってくれるって言ってきたから」

「そりゃ驚くよ。本当に周りが見えてない」

「うん」

顔を見合わせて笑ったあと、コンスタンスは言いづらそうに口を開いた。

「……許してやってくれとは言えないけど……」

でも、許してやってほしい気持ちは伝わってくる。

玲は苦笑した。確かに、コンスタンスから見れば、一方的に玲が囚われていたように見えるに違いない。だが、あの豪奢な鳥籠に囚われ苦しんでいたのは、アレクシオスも同じだった。彼を解放できるのは玲だけだったから、逃げ出してきたけれど。

「大丈夫。怒ってないし、きらってないよ」

「本当に？　きみ、聖母か女神様か何かなの？　それとも、」

彼が言いかけたときだった。背後から迫ってくる足音に、二人は気付いた。どちらからともなく駆け足になる。二人がかりでも抱えきれない長い鎖が引きずられ、ジャリジャリと音を立てた。

「レイ！」

張り詰めた強い声が背中を打つ。玲は思わず振り返った。真後ろにアレクシオスが迫っている。

彼は鬼気迫る表情で名を呼んだ。

「レイ!!」

「いっ……！」

ガッと右肩を摑まれる。力任せに引き戻され、摑まれた肩の痛みに悲鳴が漏れた。

「アレックス、乱暴はやめろ！」

コンスタンスが制止したが、アレクシオスには聞こえていないようだった。抱き潰されるのではないかという強さで玲を抱き締める。

「レイ、レイ……わたしから逃げるな……！」

絞り出された声は苦しげだった。彼の心臓が爆発しそうに暴れているのが、服越しにも伝わってくる。

「アレクシオス……」

あえぐように名前を呼んだ。思わず彼の背中に手を回した。

――僕の運命の人《アモル・ファタリス》。唯一の太陽神《アポロ》。

彼が玲にしたことは尋常ではない。わかっていても、彼に抱き締められれば応えずにいられなかった。百年前も今も、彼に求められれば、すべてを差し出したくなってしまう。自分もまたまともではない。

（でも、それでいい）

自分は彼のためのものなのだ。彼のためだけに存在している。

アレクシオスの背を撫でながら「ごめんなさい」と口にした。

「あなたを自由にする必要があると思ったんです」

――前世の妄執からも、玲自身からも。

「でも、あなたが僕を必要だとおっしゃってくださるなら、戻ります」

「レイ、何を言ってるんだ！」

コンスタンスが焦った声で割り込んでくる。

アレクシオスは、玲の肩口で深く大きな息をつくと、ゆっくりと顔を上げた。美しい二つの宝玉が、激しく揺れ動く感情を映してきらめいている。

「レイ、」

彼が何かを言いかけたときだ。その場に、第四の影が割り込んだ。

一瞬、テレンスかと思った。だが違う。ひゅっと、鋭い何かが玲のこめかみをすり抜けた。チリッとした痛みが頬を裂く。わずかに赤い血が散った。

「レイ……！」

コンスタンスの悲鳴が森に響く。

何が起こっているのかはわからなかった。だが、身の危険が迫っていることはわかる。体は勝手に動いた。守るべきものはひとつだけ。アレクシオスの体を覆うように、自分の体を投げ出した。

「――！」

「レイ！　レイ……!!」

アレクシオスの絶叫と、左肩に熱が走ったのは同時だった。熱い。肩に火が点き、燃え上がるようだ。

「あ……」

見ると、左腕の付け根が大きく切り裂かれていた。だくだくとあふれる鮮血が、体に巻きつけた青いシーツを黒く染めていく。流血とともに全身から力が抜けていくのがわかった。

「レイ！」

よろめいた玲の体を、力強い腕が抱き留めた。

「レイ、レイ!! しっかりしろ！ そんな、……どうしてこんな、レイ！」

アレクシオスが鬼気迫る形相で叫んでいる。

「アレクシオス様！」

「殿下！」

テレンスの声。多くの足音。誰かと誰かが揉み合う音……。すべてが、分厚い水槽の向こうのように遠かった。

かすむ視界に、美しい黄金の光と二つの青がぼんやりと見えている。

玲は細い声で訴えた。

「逃げてください、早く……」

「もう大丈夫だ、しゃべるな！」

「アレックス……、僕、今度は、ちゃんとあなたを守れましたか……？」

「わたしは無事だ！ だから、……」

そこまでしか聞こえなかった。視界には闇が迫り、彼に抱き締められている感覚も急激に遠ざかる。

（……アレクシオス……）

玲の太陽神《アポロ》。

彼は本当に無事なのだろうか。暴漢はどうなったのだろう。今度こそ、本当に彼を守ることができたのだろうか――？

だが、玲にはもうそれらを確かめるすべもなく、意識は真っ暗な闇に呑み込まれた。

6

目覚めて最初に考えたのは、「ここ、どこだろう」だった。つい最近も似たような目覚めがあった気がする。

そう思い、ああ、ラクス邸の監禁部屋……と考えたところで、完全に覚醒した。

玲が寝かされているのは、病室のようだった。生成り色の壁紙と白木を基調とした、明るい個室だ。祖母が生前入院していた無機質で猥雑な大部屋とは雲泥の差だが、清潔すぎる内装と医療設備、腕に刺さっている点滴の針が、ここは病院だと教えていた。

(……どうなったんだっけ)

水辺の四阿でアレクシオスを狙った暴漢に襲われ、肩を負傷したことは覚えている。だが、点滴のパックに黒マジックで書かれている日付は、玲が最後に読んだ新聞の日付から二日進んでいた。

(アレクシオスは……)

彼は無事だっただろうか。自分は彼を守れたのだろうか。彼を襲った暴漢はどうなったのか……。

意識を失う前に何か話したような記憶もあるが、内容までは覚えていない。

ひとまずナースコールを押そうとして、玲は右手が動かないことに気が付いた。左手は腕の付け根を負傷したが、右手は無事だったはずだ。

不思議に思って右側へ小さく頭を傾け、玲はハッと息を吞んだ。

アレクシオスがそこにいた。

横になっている玲の目からは、椅子に座った彼の体と、ベッドに突っ伏している金糸のかたまりしか見えない。だが、それだけで充分だった。彼の愛するプロセルピナの香りが二人を包み込んでいる。

玲の右手が動かないのは、彼がそれを強く握り、その上に顔を伏せているからだった。

アレックス、と呼ぼうとし、玲は声を吞み込んだ。

彼が眠っているところを初めて見た。あれほど何度もセックスしたのに、彼は一度も玲の前で眠ったことがなかったのだ。

(……疲れてるのかな)

そうだろう。普段から多忙な人だ。このようすだと、心配もかけてしまったに違いない。……そう思いたい玲の願望かもしれないけれど、たぶん。

そろそろと、左肩の傷が痛まないよう気を付けながら、彼のほうへ寝返りをうった。

少しだけ開けた窓から、風に乗って、緑の匂いが流れ込んできていた。清く澄んだ水仙の香りではなく、もっとあたたかくて力強い、春の匂いだ。

アレクシオスの黄金色の髪が、春風にふわふわとそよいで、まるで光が踊っているようだった。つい撫でてみたくなり、右手をそっと引き抜こうとする。と、ぐっと彼の手に力がこもった。

「レイ……？」

ゆたかな金糸がゆっくりと持ち上がり、その下から色違いの青玉が姿を現す。

視線が合うと、彼は目を見開いた。

「レイ！　気が付いたのだな……！」

喉から絞り出すように言い、握っていた玲の右手を両手で包み込んで額をこすりつける。

こらえきれないようにこぼれたため息はふるえていた。濡れた感触が手の甲を伝う。

再度顔を上げたときには、彼はもう泣いていなかったが、肌の薄い目元がわずかに赤くなっていた。

「……すまない。すぐに医者を呼ぼう」

無理に感情を抑え込んだ声で言うと、アレクシオスは枕元のナースコールを押した。

すぐに看護師が、遅れて医者が病室を訪れ、玲の傷の具合と顔色を見る。簡単な問診ののち、無理をさせないようアレクシオスに言い置いて、彼らは病室を出て行った。

再び二人きりになると、アレクシオスは両手で顔を覆い、肺の底から重いため息を吐き出した。

「きみを永遠に失うのかと思った……」

ふるえ声は、その絶望の深さをうかがわせる。

「……僕を惜しんでくださるのですか」

思わず呟くと、「当たり前だろう！」と詰《なじ》られた。だが、彼はすぐに自分の蛮行を思い出したらしい。

「……いや。きみがそう言いたくなるようなことを、わたしがしたのだな……。きみを責める資格はないのだが……」

弱々しい声で呟き、うなだれる。

よく見ると、彼の顔にはうっすらと無精髭《ぶしょうひげ》が生えていた。豪奢な金糸はところどころからまり、シャツには皺が寄っている。何日も着替えていないのかもしれない。

（……ずっと付いていてくれた？）

玲を監禁していたときですら、一日と休まず仕事に行っていた彼なのに。

うぬぼれた期待が、ぽっと胸の中に生まれた。

（まだ僕を愛してくれている……？）

そう思うと、急に自分がひどい仕打ちをしているように思えてきた。そろそろと右手を動かし、届いた肘をそっと撫でる。

「すみません」

前世では、自分が遺される側だった。彼のあとを追うまでのわずかなとき、自分を襲った絶望と恐慌を思えば、アレクシオスの気持ちも理解できる。

だが、彼は手を引き、玲の手を避けた。思い詰めた表情で、首を横に振る。

「レイが謝らなくてはならないことなど、ひとつもない。謝罪すべきはわたしだ。……いや、わたしの行いときみの気持ちを考えれば、許しを請うのは恥知らずだとわかっている。だが、せめて謝罪はさせてほしい」

そう言うと、アレクシオスは椅子で姿勢を正した。玲の目をじっと見つめ、深く、深く頭を垂れる。

「すまなかった。きみにひどい仕打ちをした」

「……」

瞬きを二回。

「すみません、具体的に、何のことでしょうか？」

玲が言うと、彼は絶望的な表情になった。それでも玲の断罪は受け入れるべきだと思っているらしい。目を伏せ、喉をあえがせるようにして言葉を紡いだ。

「わたしの、きみの人としての尊厳を踏みにじるような行いすべてだ」

もってまわった言い回しを、簡潔に言い換える。

「裸でつないで閉じ込めたこととか？」

「きみの人権を無視した許されない行為だ」

「ひどいセックスをしたこと？」

「きみに二度と触れるなと言われてもしかたがない」

「僕の気持ちを疑ったことも？」

「許してほしいと言える立場ではないと……、……」

とうとう謝罪の言葉を失ってしまったアレクシオスに、玲は苦笑した。

「アレクシオス、顔を上げてください。あなたはひとつ、大事なことを見落としています」

玲の指摘に、アレクシオスは無言のまま狼狽《ろうばい》した。玲の言う「大事なこと」について思いをめぐらせているのがわかる。だが、どうしても思い当たらなかったらしく、視線で玲に答えを求めた。

微笑を浮かべ、玲は続けた。

「僕の、あなたが好きだという気持ちを、あなたに信じてもらえなかったのはかなしかった」

「すまなかった」

彼はがばっと体を折り、シーツに額を押しつけた。

「でも、謝罪してくださるということは、僕の気持ちを信じてくださるということですね、最愛の人《デリキアエ》？」

そう玲が呼びかけると、アレクシオスは目に見えて全身をこわばらせた。それから、ゆっくりと面《おもて》を上げ、信じられないものを見るように玲を凝視する。

「あの論文、読まれましたか？」

「……読んだ」

それは、玲があの豪奢な鳥籠のサイドテーブルに残してきたものだった。

アレクシオスがラクス家の当主になってから、彼はそれまで閉架図書であったラクス家文書を国内外の研究者に開放していた。玲が言う「論文」とは、そのひとつ、アレクサンドルのすぐ下の妹が、「青の戦争」当時、ひそかに書き留めた手記についてのものだ。つい最近の研究で存在が明らかになったその文書には、レインの死についてきわめて重大な一文が残されていた。「レイン・カエルム・カエルラ、自死」と――。

「ベアトリクスでしたね、覚えています。あなたに似て、とても美しくやさしい妹さんだった。僕にも、人目を盗んで、よく話しかけてくれました」

「ああ」とアレクシオスは頷いた。こんなふうに彼と前世のことを話題にできるのが、不思議な気分だった。

「アレックス。百年前も、あなたと再会してからも、今も、僕の気持ちは同じです。あなたが好きで好きでたまらない……。最初は理由があったのかもしれないけれど、今は運命だとしか言えないくらい、心からあなたをお慕いしています。だから、あなたが僕の気持ちを信じてくれないのはつらかった。でも、あなたが信じてくださって、僕を最愛の人《デリキアエ》と呼んでくださるなら、僕には、怒ることも、謝っていただくことも、許すこともありません。僕は、最初からすべてあなたに許している」

何もかも捧げる恋をした。男であることも、家の名も、財産も、自分のいのちさえも――どころか、百年後に生まれ変わる自分まで、すべてだ。

だから、檻に閉じ込められても、少々荒っぽく抱かれても、彼が自分に求めることについては、許すも許さないもない。ただひとつ、玲がかなしかったのは、彼への気持ちを信じてもらえなかったことだけ。

「僕は今まで、あなたに逢うためだけに生きてきました。比喩ではなく、本当に。今をないがしろにしてきた僕は空っぽです。そんな僕を、あなたのそばに置いていただいていいのか、疑問はあります」

「きみがいないと、わたしが空虚になってしまうのだ」

間髪入れない反論に、玲はやわらかな苦笑を浮かべた。

「あなたが空虚な人だとは思いませんが……」

だが、コンスタンスの言葉を思い出す。

――女の子たちに囲まれているときも、彼女と結婚したときも、ちっとも楽しそうじゃなかった。いつももの足りない顔をして、誰かを探してるみたいな目をしてる。

それが、無意識にでもレインを求めていたせいだとしたら、アレクシオスの言葉もあながち嘘ではないのかもしれない。

（あなたには、僕なんかに左右されないでいてほしいけど……）

だがそれも、運命に翻弄される一人の人間相手に求めるには、酷なことなのかもしれなかった。

「あなたが僕の愛を受け取って、そばにいろとおっしゃってくださるなら、僕はずっとここにいます。閉じ込められるのも、鎖でつながれるのもかまいません。でも、できれば、小夜鳴鳥《ルスキニア》として籠に入れておくのではなく、あなたのお手伝いをさせていただきたい……だから、大学に行くのは、お許しいただきたいと思います」

「……カエルラで？」

「カエルラで」

「ああ、レイ……！」

アレクシオスが、感極まった声を上げた。思わずといったように、玲の右手を握ろうとし、はっと固まる。

自分に触れることをためらう彼がせつなく、愛おしかった。自分から彼の手に触れた。すぐに強く握り返される。

「お許しいただけますか？」

「全力で援助しよう」

力強い言葉に、玲は「ありがとうございます」とほほ笑んだ。

それから、じっと彼を見つめて、

「……誓いに、キスをいただいても？」

「ああ、レイ……」

太陽神《アポロ》のごとき貴公子は、ベッドサイドにひざまずき、玲の右手をうやうやしく取った。玲の中指に、あの祖母のかたみのカエライトの指輪をはめてくれる。

「どうか、もう一度受け取ってくれ、最愛の人《デリキアエ》」

情熱的に囁くと、彼は右手の甲に口づけた。

「きみに、一生涯の愛を誓う」

それから、「唇にもいいだろうか」と許可を取り、やさしいキスを贈ってくれた。


左肩の傷は意外に深く、治療には長い時間が必要だった。

「でも、利き手じゃなくてよかったよ。少しずつリハビリも始めてる」

玲がテーブルの上で左手の指を軽く握ったり開いたりして見せると、コンスタンスは痛ましげに眉をひそめた。

「本当にごめん、レイ。オレがあんなところに連れてったせいで」

「何言ってるんだ。コニーのせいじゃないって言っただろ」

何度目になるのかわからないコンスタンスの謝罪に、玲はかろやかに笑った。

あの日、玲を刺した暴漢は、元貴族出身の極右派の男だった。アレクシオスの、ラクス家の家財や権利を国民に譲渡しようとする動きに反発していた一方で、アレクシオスの「親衛隊」である一人娘を彼の妻にと画策していたところへ、彼がマルティヌス祭に玲を同伴したことで、いろいろとたが外れたらしい。王政廃止後、資金繰りに失敗し困窮した元貴族の末路として、報道でも大きく取り上げられた。対照的に、「アレクシオス・ラクスを身を挺《てい》して守った日本人青年」は、匿名報道にもかかわらず、今や国民的英雄扱いだ。

「紹介する手間が省けてよかったって言ってたよ、アレックス」

玲の言葉に、コンスタンスは盛大に顔をしかめた。

「本当にいいの、レイ。あの人に甘すぎない？」

「いいんだって。僕がそうしたいんだから」

「まあ、『しあわせにしてあげて』って頼んだのは、オレなんだけどね」

でも、拉致監禁はやっぱナシだろ……と、ブツブツ言っている。

そこへアレクシオスが戻ってきた。玲の代わりに、退院の手続きをしてきてくれたのだ。病院側は部屋まで会計を寄越すと言ってきたが、彼も玲も断った。事情もなく、特別扱いをしてもらう必要はない。彼も玲も、あくまでも「一般人」だ。

「レイ、帰ろう」

「はい」

呼ばれて、ベッドを下りようとしたが、それより早く抱き上げられた。コンスタンスが見ていられないと顔に書いて視線をそらす。テレンスは荷物を持って涼しい顔だ。

「アレックス、下ろして。歩きます」

「肩に響くことはないか？」

「医師《せんせい》が大丈夫だって言ってたじゃないですか」

玲が睨むと、ようやく床に下ろしてくれた。玲が刺されてからというもの、過保護に輪がかかっている。

思ったより長い入院になってしまったが、今日からラクス邸に療養場所を移すことになっていた。完治まではさらに一ヶ月、その後もリハビリは必要だ。もしかしたら、後遺症は一生残るかもしれないと聞いている。それでも、アレクシオスのいのちに比べれば軽いものだと玲は考えていた。うっかり彼の前でそう言ったら、「治ったらおしおきだ」と睨まれてしまったが。

テレンスの運転する車でオルロの街を走り、玲はアレクシオスとともにラクス邸へと移動した。三週間前、シーツ一枚で足鎖をかかえ、逃げ出した屋敷へ、今度は正面から帰ってきたのだ。

前庭の噴水を迂回《うかい》し、階段の前で車が停まる。テレンスが後部座席のドアを開けてアレクシオスを下ろし、アレクシオスは玲の手を引いた。石段から大扉まで、ずらりと使用人が並んでいる。

テレンスが、うやうやしく腰を折った。

「おかえりなさいませ、旦那様。いらっしゃいませ、レイ様」

玲はアレクシオスを見上げた。彼は目を合わせてほほ笑むと、玲の手を取り、邸内へと導いた。


「ここがきみの居室だ」と通されたのは、あの幽閉の十日間を過ごした鳥籠ではなかった。アレクシオスの居室からドア続きの隣部屋——本来なら彼の妻が使う部屋だ。そこを、彼は当然のように玲のために改装してくれていた。

「右のドアがわたしの部屋、左の手前がバスルーム、奥側が寝室だ」

案内された寝室は、部屋自体の広さもベッドの大きさも、どう見ても一人用ではなかった。つまり、アレクシオスと玲のための寝室だ。

ゆたかなドレープのカーテン、そして絨毯、ベッドリネンはディープブルー、やわらかなレースのカーテンはスカイブルー。その色相は、あの白の夜を思い起こさせた。

うなじに口づけたアレクシオスが、苦しげな声で名前を呼ぶ。滲み出る情欲を無理やり理性で抑えつけようとしている声音だった。

「……レイ」

すべてに玲の許しを請い、自分からは「欲しい」と言えない彼の気持ちは、玲にもなんとなく理解できた。確かに強姦《ごうかん》じみたセックスもあったし、人として、男としての尊厳を奪うような行為もあった。そんな行為を強いた自分を――その心の傷に触れることを、アレクシオスがおそれるのも無理はない。再び玲にそんな行為を強いるようなことがあってはならないと、強く自分を戒めている。自分からベッドへ誘うのは厚顔無恥なふるまいだとすら考えているふしがあった。

(許すも許さないもないって言ったのに)

だが、それでも自分を許せない彼の不器用で生真面目な誠実さが好きだと思う。

「アレクシオス……僕の最愛の人《デリキアエ》」

右手で彼の手を取り、左手を添えた。こういうときの婉曲《えんきょく》な誘い方は、レインの記憶で知っている。

だが、彼の目を見て言うのは恥ずかしい。

うつむいて、囁いた。

「どうか、あなたのお情けを……」

答えはキスとともに返ってきた。

「情けを、と請うならわたしのほうだろう。……どうか、わたしにきみを愛させてくれ」

彼のまとう水仙の香りが、強く玲の鼻腔を侵した。


ダークブルーのシーツに横たえられ、そうっと服を脱がされた。覆い被さってくる彼も、今日は全裸だ。明るい陽光の差し込むベッドで、互いの体をうっとりと眺めた。

「青いシーツに、きみの肌はよく映える」

玲を愛《め》でるための寝具だと言われたようなものだ。どう応えていいか困って、玲は眉を寄せ、ほほ笑んだ。

全身の肌を触れ合わせ、鼓動をゆっくりと重ねていく。深い充足感に、涙が滲んだ。

檻に囚われていたあいだ、アレクシオスは服を脱ぐことをしなかった。無造作に取り出した性器で玲を犯し、自分勝手に精を放った。あの十日間の行為とはまったく違う営みなのだと、ただ、抱き合っているだけでも実感できる。

「……、なぜ泣いている？」

アレクシオスが、困惑を浮かべた声でたずねた。ねだられて、大切に抱こうとしていた恋人に泣かれては、彼も扱いに困るだろう。

玲は小さく眉を寄せ、ふふっと笑って首を振った。

「しあわせなだけです、アレクシオス。あなたに求められていやだったことなんか、一度もない……」

荒淫を尽くした夜でさえ、玲の心を痛めたのは、そこに愛を伴わないことだけだった。

「でも、どちらかというと、やさしくしていただけるとうれしいです」

「もちろんだ」

その答えにたがわず、彼はとびきりやさしく、だが、情熱的に玲に触れた。

乳嘴《にゅうし》を交互についばみながら、片手で中を、片手でペニスを愛される。初めて彼に抱かれた夜には、まだ小さな突起に過ぎなかった乳首は、愛欲の日々を経て、みだらな性器へと変貌を遂げていた。

「ああ、レイ……、きみはここもかわいらしい」

「あっ、ああ……っ」

囁き、そっと舐められると、そこから腰まで電流が駆け下りる。くだもののような玲の性器の先端からは雫がぴゅくりとこぼれ落ち、中はアレクシオスの指を締め付けた。

アレクシオスは、屹立から手を離すと、真っ赤に膨らんだ乳首を口と手とで愛撫した。舌をからめて甘噛みし、はじいて敏感になった先端に爪を立てられる。

「ひっ……あっ、あっ、だめ……っ、あああっ」

ビリッとひりつくような快感が四肢へと走り、一瞬、目の前が白くなる。気が付くと、ペニスから蜜を噴きこぼしていた。

「あ……あ、うそ……」

信じられない。腹から胸を汚す白濁を呆然と見つめる。今、自分は乳首だけで達したのだ。

羞恥と混乱でぼろぼろと涙をこぼすと、愛おしげにキスされた。

「かわいい……愛する、わたしの春《プロセルピナ》。どこもかしこも敏感だな」

心からうれしそうに囁かれる。喜んでいいのか、それともこんなみだらな体にされたことを怒るべきなのか、わからない。ただ、どうしてもきいておきたいことがあって、玲はたずねた。

「……いやじゃないですか……？」

「なぜ？」

「だって、あなた、淫乱って……」

あの陵辱の日々で、ひとつだけ、心に引っかかっていた言葉だ。彼に愛されて悦ぶことを、はしたないと思われるのはかなしかった。だが、慎ましいほうが好みだと彼が言うなら、できるだけ我慢しようと思う。……どこまでできるか、わからないけれど。

うるんだ瞳で見つめると、彼は痛むように目を細めた。

「すまない。わたしの愚かな言動が、きみを深く傷つけたのだな……」

一度愛撫の手を止めて、全身で玲を抱き締める。

「本当にすまなかった。愛する人に言っていい言葉ではなかった。もし、許してくれるなら、信じてほしい。きみの体も、感じる姿も、すべてがわたしを虜にする。……本当は、あのときですらもそうだった。だからこそ、きみを詰らずにはいられなかったのだ」

「本当に……？　あなたに触られて悦んでも、きらいにはなりませんか？」

「当たり前だ。これからじっくり証明しよう」

真剣な面持ちでそう言うと、玲の下肢へと顔を埋めた。

「あ！　あ……っ、そんな……そんな、だめっ、いけません……っ」

中を指でかき混ぜながら、上向いた性器にキスをされ、熱い口内へと迎え入れられる。たった今いったばかりなのに、「だめ」と泣いて、玲は達した。

愛撫されるまでもない。彼に――百年かけてたどり着いた、最愛のアレクシオスに口であやされていると思っただけで、体も思考も沸騰する。そのまま彼の口に放ってしまい、自覚してさらに混乱した。

「ごめ……っ、……ごめんなさい……！」

幼い口調で泣く玲に、アレクシオスは目を細めた。

「何も謝ることはない。きみの蜜は、わたしを酔わせる美酒のようだ」

言いながら、それを手のひらに吐き出し、指にからめる。彼の唇から、舌から、自分の放った白濁がとろりと垂れて落ちるのを、信じられない思いで玲は見た。

「みだらで可憐な、わたしの春《プロセルピナ》。愛しているよ」

囁きながら、アレクシオスは再び屹立を口に含み、後ろへと指を這わせる。

「あっ……あ、……あああっ、あ、あ……っ！　そんな、もうだめ、だめ……っ」

達したばかりの敏感な前を、温かなぬかるみに包まれる。その快感は、激しい羞恥とともに、おそろしいほどの官能をもたらした。

秘所はみだらに息づいて、アレクシオスの指を拒みもしない。ちゅっと口づけるように吸い付いては、「中を撫でて」とねだっている。彼が指を進めると、歓喜してしゃぶりつき、奥へ奥へと呑み込んだ。

「ごめ、ごめんなさい、こんな、もう……、ごめんなさい……」

「なぜ？　きみはすべてが可憐で美しい。全身でわたしを誘ってくれている」

「でも、でも……あぁっ!?」

さらに深いところにぬめりを感じ、思わず下肢を見下ろした。

アレクシオスの金髪が、屹立と内腿をくすぐっている。ならば、やはり、秘所に感じているこのぬめりは、彼の舌に違いないのだった。

「だめ、だめです……っ、そんなところ……っ」

ふちの皺をくすぐって、左右から差し込まれた指のあいだを、ぬぅっと中まで挿ってくる。

「だめ、あ、それ、だめ、だめです、だめぇ……！」

鈴口に爪を立てられた。この中の快感も知っているだろうと言わんばかりに。ぐちぐちと尿道の入り口をいじめながら、直接中をうるおわされ、玲は涙声で啜《すす》り泣いた。両手を顔に寄せるものの、隠しきれない表情は、快感と羞恥にとろけてぐしゃぐしゃだ。

「やめて」と言いたい、けれども、禁忌の快感のすさまじさに、静止の声が出てこない。口でペニスを、指で中を撫でられるわかりやすい愛撫にくらべたら、直接刺激はこちらのほうがぬるいだろう。だが、惑乱ははるかに深い。

「あああ、あっ、あ、あ、あ、アァ……！」

だめ、汚い、離して、あなたが汚れてしまう――でも、やっぱり舐めてほしい。本当はもっと強い刺激が欲しい。固くて、熱くて、奥まで届くあなたのもので、中をいっぱいに満たして、かき混ぜて、とろかして……。

相反する羞恥と欲望が全身に渦巻き、玲を翻弄する。みだらな自分に涙して、「ごめんなさい」と口走った。

「ごめんなさい、ごめんなさい……」

上体を起こしたアレクシオスは、ぐしゃぐしゃに泣き濡れた玲の顔を、大切そうに見下ろした。

「なぜ謝る？　そうやって、わたしの劣情を誘っているなら正解だが……」

両手をつなぎ、たくましい雄の先端で秘所の花弁をさぐりながら、深い官能を感じさせる声で囁いた。

「レイ……わたしの最愛の人《デリキアエ》。どうか、中を許してくれ」

「……っ」

こくこくと頷いた。眉を寄せて懇願する。

「お願い、どうか中へ……あなたで、僕をいっぱいにして……ひっ、ぁあああんっ」

粘膜がぴたりと接した瞬間、ぐじゅうとそこが溶けた気がした。彼が軽く腰を進めるだけで、容易に亀頭が潜り込む。襞が彼を誘い込む淫靡な蠢きに、レイは喉を仰け反らせた。

「ア……、――っ、……っ」

声もなく、彼を受け入れる官能を味わう。満たされる。けれども、そこはとろけすぎて、足りないとでもいうように、彼の雄芯を奥へ運ぼうと蠢いている。

「レイ……？」

今までとはまた少し違った玲の反応に、アレクシオスが声をかけた。だが、どうしたらいいのかわからない。どうにかしてくれるのは、この中にいる彼だけだと、本能が知っていた。

「挿れて……」と、腰をくねらせてねだった。

「お願い、もっと奥まで来て……」

「もっと？」

これでいいかと問うように、腰が深く沈んでくる。深く、深く、媚肉《びにく》はみだらに蠢いて、どこまでも彼を呑み込もうとする。

「あ、いい……これ、いい、すき……っ、好き……！」

じゃりっと下生えが入り口をこすった。これ以上入らない。わかっている。行き止まりだ。でも、本当は、もっとほしい。こすって、突いて、中に注いで。

「アレクシオス……アレクシオス……！」

とろけた声で囀って、さらにねだって腰を揺する。たっぷりと襞をからめて舐め、吸い上げるような中の動きに、アレクシオスが小さくあえいだ。

「レイ……！」

ぎゅっと手指を握られた。

「レイ。……レイ、愛している」

——愛している。

その囁きだけで、上り詰める。甘いさざなみが内側に走り、収斂《しゅうれん》して、締め付ける。

「愛している……愛している……わたしの最愛の人《デリキアエ》……、わたしのレイ」

囁かれるたびに中で達した。

ほほ笑んで、名を呼んで、彼を誘う。

「アレクシオス……僕の、アレクシオス……、どうか、中に注いでください」

「……ッ！」

その瞬間、一番奥で彼が膨らみ、びくびくと大きく跳ねるのがわかった。

最奥を濡らされる。何度も、何度も。行き場のない精液が奥の壁をぐり抜け、さらに深くへとさかのぼる。

受け止める悦びに浸っていた時間はどれくらいだったろう。すべてを彼に埋め尽くされ、玲は充足の息をついた。

――でも足りない。まだ、まだ、もっと注いでほしい。もっともっと、百年分、心も体も、いっぱいになるまで。

「愛しているよ、わたしのレイ」

「愛しています、アレクシオス……」

甘やかに囀って、小夜鳴鳥《ルスキニア》はうっとりと恋人の愛を誘った。

目を開けると、眼前に光が満ちていた。

そう見えたのは、陽光に透けたアレクシオスの髪だと知って、玲は小さくほほ笑んだ。

彼とたっぷり抱き合って、満足した自分は眠ってしまったらしい。アレクシオスは、まるで当然であるかのように、まだ玲に雄芯を収めたまま、クッションに背を預け、玲を上に抱いてくつろいでいる。

「……レックス、……ん……っ」

散々あえいだ声はかすれ、唇は乾いていた。うるおいを与えるようにキスをされ、従順に唇を開く。

目に入る自分の肌一面に、紅《あか》い花びらが散っていた。アレクシオスが付けた所有の証に、幸福な気分になる。一つひとつ、それらを指でたどっていると、アレクシオスが謝った。

「すまない、歯止めがきかなかった」

「いいえ。あなたのものになったようでうれしいです」

「ならば、わたしもおまえのものだ」

甘いキスを交わすと、アレクシオスはベッドのサイドテーブルから小さな箱を手に取った。中にいる彼が位置を変え、玲が甘い悲鳴を上げても、愛おしげに目を細めるばかりだ。あまりに満たされた表情に、玲は喉元まで出かかった、「出ていってください」を呑み込んだ。

「レイ、これを」

ビロードの小箱を差し出され、なにげなく蓋を開ける。中に収められていたのは指輪だった。ちょうど玲の右目と同じ、甘くやさしい春の空に似たスカイブルー。指輪の意匠は、今、玲の右手中指にはまっている祖母のかたみにそっくりだ。

「……これ、もしかして空の石《カエルム》……？」

玲の言葉に、アレクシオスは頷いた。

「きみの家に湖の石《ラクス》が伝わっていたように、わたしの家にはこれが伝わっていた」

百年前、アレクサンドルがレインに捧げたラクス家の石は海を渡り、やがて玲がゆずり受けた。同じく、「青の戦争」の動乱で、カエルム家の石はラクス家のものとなり、アレクシオスまで伝えられた。二人を結びつけるかのように、二つの石は、互いの家で眠り続けてきたのだ。

「本来は、きみが持っているべきかもしれないと思って持ってきた」

アレクシオスの言葉に、玲は目を瞠り、ゆるゆると首を横に振った。

「僕は、これをいただきましたから」

そう言って、右の手を広げる。

それから、自分の右目と同じ色の石を摘んで、台座から取り上げた。

「……アレクシオス」

玲が呼ぶと、意図を察したアレクシオスが目を細める。

差し出された左手の中指に、空の石はぴたりとはまった。

指輪をはめた手を合わせる。カチリと触れ合った指輪が鳴った。

玲は小さくほほ笑んだ。

「まるで、あなたと目をひとつずつ交換したみたいだ」

玲の言葉に目を瞠り、恋人もまた「そうだな」とほほ笑んでくれた。

短い春は盛りを過ぎ、窓の外からは夏鳥の囀りが聞こえてくる。美しい天空の町には、そろそろ夏が訪れようとしていた。

あとがき

リンクスロマンスでははじめまして、夕映月子《ゆえつきこ》です。このたびは拙作をお手に取ってくださいましてありがとうございます。

いつも気になってはいるのですが、今回はとくに、どういった方がこの本をお手に取ってくださったのか、ものすごく気になっています。

これまで拙作を読んでくださっていた皆さま、いきなりのファンタジー&ロマンス小説路線で、びっくりなさったんじゃないでしょうか？

レーベルファンの皆さま、これが拙著初のファンタジーＢＬなのですが、いかがでしたでしょうか？

今作は、「リンクスロマンスだから書ける話」を目標に、設定から担当さんと相談しながら書きました。生まれ変わりの運命の恋。『ロミオとジュリエット』設定。青に彩られた架空の国の王子二人……。これぞわたしのイメージする「リンクスロマンス」というお話になりまして、作者としてはとても楽しかったですし、書き上がりにも満足しているのですが、果たして読者さんの及第点はいただけるのか、ドキドキです。

そんな、おっかなびっくりの初ファンタジーＢＬですが、壱也《いちや》先生が美しく繊細かつ豪奢《ごうしゃ》なイラストを添えてくださいましたおかげで、見た目は本当にそれらしくなりました。

迷い迷い初稿を書き上げた直後、先生の描いてくださった玲《れい》とアレクシオスを拝見した瞬間に、「なんとかなる！」と勇気づけられました。改稿は先生の二人を思い浮かべながらでしたので、わたしの中では、壱也先生の描いてくださった彼らが生き生きと動き、しゃべっています。壱也先生、素晴らしいイラストをお寄せくださいまして、本当にありがとうございました。

また、執筆の機会をたまわりました幻冬舎《げんとうしゃ》コミックスリンクス編集部の皆さま、とりわけ、設定から二人三脚でお力添えいただきました担当さまにも心から御礼申し上げます。

それから、ラテン語の監修を務めてくれた友人Ｍさんにも、ありがとう。うっかり話の本筋とは関係ないところで自分の首を絞めるところでした。助かりました。

末筆になりましたが、本書をお手に取ってくださった皆さまにも、改めまして御礼申し上げます。今回は本当に皆さんのご感想が気になっているので、よかったら編集部あてにご感想をお寄せくださいませ。よろしくお願いいたします。

さて、本編に入れるには蛇足だけれど、あったほうがうれしいかな？　というオマケを、次ページから少しだけ書き足しました。最後までお楽しみいただけますように。

夕映月子

ヒンカラカラ……と、鈴が転がり落ちるような美しい囀《さえず》りが、明るい森にこだましている。

「あれはコマドリ？」

「そう。もうすっかり夏だ」

玲《れい》の質問に、背後のアレクシオスが答えた。

肩の傷もようやく癒え、もろもろの手続きも済んだ週末、玲はアレクシオスに伴われて、ラクス家の別邸に遊びに来ていた。

山にほど近い別邸の周辺には、豊かな針葉樹の森が広がっている。玲はアレクシオスとともに彼の愛馬に跨《またが》って、初夏の森を散策しているところだった。

「すみません、一緒に乗せてもらってしまって」

「なぜ？　こうしていられるほうが、わたしはうれしい」

手綱を握る両腕の中、玲をすっぽり包み込むようにして、アレクシオスが、つむじにひとつキスをくれる。甘やかなしぐさに、甘酸っぱい気持ちになり、玲は小さく首をすくめた。

「でも、二人も乗ってしまって、きっとニウェウスは重たいでしょう」

「この子はそんなに軟弱ではないよ」

信頼のこもった手で、アレクシオスが愛馬の首筋を撫《な》でてやる。その言葉のとおり、雪のような白毛の馬は、男二人を背に乗せてもふらつくようすは見せなかった。

「一人で乗れると思ったのに……」

玲の呟《つぶや》きに、アレクシオスは「そうだな」と同意した。

百年前、レインとアレクサンドルであった頃、彼らは当然の嗜《たしな》みとして、馬に乗ることができた。王侯貴族の遊びの一環で、野山での狩猟を楽しんだし、遠駆けも娯楽のひとつだった。

だから、馬での散策に誘われたとき、玲も当然、自分で馬に乗るつもりだったのだが。

「僕、記憶が戻ったとき、自然とカエルラ語も理解できるようになったんです。だから、乗馬もできると思ったんですけど……」

うっかり馬の背から転がり落ちそうになってしまった失態を思い出し、玲は小さくため息をついた。

「記憶があるということと、実際にできるかどうかって、違うんですね」

「身体的な能力や技術に関しては、とくにそうなのかもしれないな」

「そうみたいです。こうやって座ってるだけで筋肉痛になりそう」

ゆらゆらと上下に揺れる馬の背は、座っているだけでも意外に足腰の筋力を使う。慣れない運動に、玲の内股《うちもも》は今にもつりそうだ。

「それはいけない。横座りにするか？」

「お姫様みたいに？　やめときます。それより、今度乗馬を教えてください。あなたと二人で遠駆けができるようになりたいです」

「もちろんだ。だが、それなら余計に、こうして二人で一緒に乗れる時間を、しっかり味わっておかなくてはならないな」

もうひとつ、つむじにキスが降ってくる。

白い花が咲き乱れる泉のほとりをぐるりとめぐり、三十分ほどの散策を終えて屋敷に戻ると、テレンスが昼食の準備を調えて待っていた。

「お申し付けどおり、お席はテラスのほうにご用意しております」

「ありがとう」

木陰のテーブルに着くと、すぐに食事が運ばれてくる。本日のランチはカエルラ風ラクレットだ。

カエルラの郷土料理はチーズやソーセージ、ハムなど、アルプス山地特有の牧畜の食文化を中心に、ドイツ、フランス、イタリア、スイスなど、周辺各国の食文化が複雑に混ざり合っている。山に近いこの地方では酪農がさかんで、香り高いベーコンや、肉汁のあふれ出すソーセージに、濃厚なチーズをたっぷりとからめたラクレットは、驚くほど美味しかった。

ブナの木から下りてきたリスにパンをお裾分けしてやっていると、アレクシオスがたずねてくる。

「勉強は進んでいるか?」

玲は「勉強自体は」と頷《うなず》きながらも首をかしげた。

「語学で困らないぶん、他の留学生より恵まれているとは思うんです。でも、とにかく手続きが慌ただしくて」

日本の大学への進学を見送り、玲は語学留学生としてカエルラに残る道を選んだ。今は、冬学期からの大学入学に向けて入試の準備を進めている。

他の欧米諸国同様、カエルラの大学は、入試自体はさほど難しくはない。玲の学力ならば心配ないだろうというのが、アレクシオスがつけてくれた家庭教師の見解だった。だが、なにぶん急な決断だったので、手続きが立て込んでいる。ただでさえめまぐるしい環境の変化の中、一つひとつをこなすのがやっとだった。

「何か困ったことがあったら相談しなさい」

「ありがとう。でも、自分の力で頑張りたいんです。堂々と、あなたのそばにいるためにも」

自分を奮い立たせるように、玲はしっかりとした口調で言った。

（それが僕の希望だから）

カエルラに残り、アレクシオスのそばにいようと決めた。彼の事業を少しでも理解したくて、公共政策を学ぶことにした。いずれはアレクシオスのため、カエルラのために役立つ仕事に就きたいと考えている。

ただただカエルラに来ること、自分のルーツをたどること、愛しい人の面影を追うことだけを生き甲斐《がい》にしてきた玲にとって、とても大きな決断だった。

でも今、これまでに感じたことがないほど、すがすがしい充実感にあふれている。

今度こそ、生まれ変わって、地に足を付けて生きていく。アレクシオスのそばで、彼と二人で、前世では叶わなかった、ありきたりで幸福な人生を。

「ああ」と微笑んで頷いたアレクシオスが、カトラリーを置き、そっと手を伸ばしてきた。

「きみをしあわせにする、今度こそ」

誓いのしるしのように、右手の指輪にキスを贈られ、玲もまた同じようにキスを返す。

互いの片目を贈りあったような、空の石と湖の石。百年前には寄り添うことのなかった二つの石は、今や二人の絆《きずな》のあかしだ。

「しあわせになりましょう、二人で」

「ああ、二人で」

見つめ合い、アレクシオスが秘密めいた声で囁《ささや》いた。

「まだ昼だが、小夜鳴鳥《ルスキニア》の声は聞けるだろうか？」

——わたしのかわいい小夜鳴鳥。

彼が玲をそう呼ぶことを知っている、二人だけの符号に、赤くなりながらも玲は頷いた。

「……暗い森の中でしたら」

言葉に含めた意図を汲《く》んで、アレクシオスが小さくほほ笑む。

そして二人はテラスの席を立った。

二人の姿を隠してくれる、「暗い森」に向かうために。

この本を読んでの
ご意見・ご感想を
お寄せ下さい。

〒151-0051
東京都渋谷区千駄ヶ谷4-9-7
(株)幻冬舎コミックス　リンクス編集部
「夕《ゆ》映《え》月《つき》子《こ》先生」係／「壱《いち》也《や》先生」係

リンクス ロマンス

二人の王子は二度めぐり逢う

2018年5月31日　第1刷発行

著者……………夕《ゆ》映《え》月《つき》子《こ》
発行人…………石原正康
発行元…………株式会社　幻冬舎コミックス
〒151-0051　東京都渋谷区千駄ヶ谷4-9-7
TEL 03-5411-6431（編集）
発売元…………株式会社　幻冬舎
〒151-0051　東京都渋谷区千駄ヶ谷4-9-7
TEL 03-5411-6222（営業）
振替00120-8-767643
印刷・製本所…株式会社　光邦
検印廃止

ISBN978-4-344-84200-7 C0293
Printed in Japan

幻冬舎コミックスホームページ　http://www.gentosha-comics.net